Mystische
Schwarzwaldgeschichten II

Teuflische Pakte

Herstellung und Verlag:
BoD - Books on Demand, Norderstedt

Titelbild und Umschlaggestaltung:
Klaus F. Kandel

ISBN 9783738606508

Inhaltsverzeichnis

Die Schmiede

Warum konnte er auch nie seine Klappe halten?

Klar, ein oder zwei Bierchen zu viel und dazu die gezielten Sticheleien von Charly. Wie eine Rakete ging er hoch und ließ sich zu der riskanten Wette hinreißen.

Ein illegales Rennen ...!

Er, Erich, gegen Charly!

Andererseits nicht allzu bedauerlich, seine Chancen standen verhältnismäßig gut. Charly würde sich nachher schwer wundern! Sein ganz spezieller Treibstoff war nämlich erste Sahne! Wozu studierte er Maschinenbau mit Schwerpunkt Verbrennungsmotoren? Er hatte den Tag gut genutzt! Und seine Gewinnaussichten verbessert! Der Wetteinsatz? Nicht der Rede wert! Hier ging's einzig und allein um die Ehre! Nur in der kleinen Stadt ja nicht das Gesicht verlieren! Der Gewinner bekam die Tussis, der Verlierer zahlte die Zeche!

Noch drei Minuten bis zweiundzwanzig Uhr! Danach würde gestartet werden!

Die Fenster waren geöffnet, die Motoren liefen sich warm. Nicht gerade besonders umweltfreundlich.

Leise blubberte sein Motor im Leerlauf vor sich hin. Mehr Gas zu geben und die Maschine ab und an aufheulen zu lassen, so wie Charly es rechts neben ihm in seiner Nervosität andauernd tat, getraute er sich nicht. Wie gesagt, sein ganz spezielles Benzingemisch.

Im Gegensatz zu normalem Benzin war es hochkritisch und überaus explosionsfreudig. Wenn sein Motor am Ziel in die Luft ging, war das schon in

Ordnung. Aber bitte nicht vorher! Hauptsache gewonnen!

Natürlich hatte Charlys Wagen deutlich mehr PS als sein gebrauchtes Auto. Offiziell und auf dem Papier. Eine teure Sportversion, Geschenk seines reichen Daddys zum 21. Geburtstag. Ein nervöser, empfindlicher Motor, der nur durch eine ausgefeilte elektronische Steuerung und die Motormanagementprogramme des Herstellers beherrschbar war. Keine Möglichkeit von außen einzugreifen und an der Leistung zu drehen.

Sein Aggregat hingegen? Ein stabiler Einspritzer mit einer Regelung, die jede Werkstatt kannte. In den einschlägigen Foren im Internet gab es genügend Datensätze für veränderte Maschinenparameter, mit seinem Wissen leicht einzuspielen. Innen polierte Ansaugrohre, anschließend natürlich hochglanzverchromt und Einspritzpumpen mit höherem Druck aus einem anderen Fahrtzeug. Ein kräftiger Turbolader und ...

Alles im Laufe der Zeit unauffällig eingebaut. Gut! So lange wenigstens, wie der TÜV nichts davon mitbekam. Der hätte beispielsweise Bremsscheiben mit größeren Flächen und noch so einiges verlangt. Oder den Wagen gleich aus dem Verkehr gezogen! Zudem war da weiterhin ...

Ein schriller Triller aus der Pfeife des Starters riss ihn aus seinen Überlegungen.

Noch dreißig Sekunden!

Kurz siegessicher und hohnlachend zugleich Charly angeblickt, die Zähne gebleckt und anschließend nichts als reine Konzentration! Langsam die Kupplung kommen lassen, die Handbremse gelöst und im Griff, dabei behutsam mehr Gas gegeben. Dass die Kupplungsscheibe dadurch heiß wurde, störte ihn nicht. Jetzt galt es einzig und allein einen perfekten Start hinzulegen. Und ja keine durchdrehenden Reifen!

Diese waren nur zur Show, jedoch nicht zum Beschleunigen. Und wem sollte er diese bieten? Außer einem Kumpel, welcher den Starter spielte, standen am Straßenrand bloß zwei Pärchen, die mit bedenklicher Miene zusahen. Der überwiegende Teil der Zuschauer wartete am Ziel.

Vor allem sorgten diese dafür, dass die Strecke rechtzeitig geräumt wurde und ihnen während der Fahrt niemand entgegenkommen würde! Sie hatten - per Handy bestätigt - die Straße gesperrt und an einer wichtigen Einmündung darauf geachtet, dass in den nächsten Minuten keiner einbiegen konnte. Zumal das Rennen sowieso keine drei Minuten dauern würde. Danach war die Straße wieder frei. Bis die Polizei von der Aktion Wind bekam, war die Sache längst gelaufen und alle Spuren verwischt.

Ein schriller Pfiff und die Flagge senkte sich.

Mit aufheulenden Motoren fuhren die Wagen los, Seite an Seite. Jetzt gab es nur noch die Straße vor ihm. Schlechte Sicht und Restnässe vom abziehenden Regen.

Er lachte! Charly fiel zurück! Zentimeter um Zentimeter. Hatte er es doch geahnt. Was nutzte dem die weitaus höhere Spitzengeschwindigkeit seines Sportflitzers, die windschnittige Karosserie? Nichts, gar nichts! Auf dieser Landstraße ging einzig um die Beschleunigung aus den Kurven heraus und um die Fahrstabilität auf unebenem Asphalt.

Der Sieg war ganz sicher sein!
Nur dafür fuhr er! Und wegen der Ehre ...!

*

Spätestens in einem Monat würde er endgültig pleite sein! Die kleinen Gaunereien, wie Laden- und Taschendiebstahl, brachten nicht genug ein. Der große Coup musste her!

Gar nicht so leicht! Er hörte sich dezent in einigen einschlägigen Lokalen um, aber um kräftig abzusahnen, musste man in einer gut gehenden, straff organisierten Vereinigung sein. In der Russenmafia beispielsweise. Aber das war nicht nach seinem Geschmack. Er arbeitete stets als Einzelgänger und vor allem gewaltscheu. Nur ja keine körperliche Gewaltanwendung lautete sein Motto. Es sei denn, es wäre unumgänglich notwendig, nicht jedoch, wenn es sich vermeiden ließ.

Seine schäbige Einzimmerwohnung, abgenutzt, ewig nicht mehr renoviert, mit vergammelten Fußbodenbelägen und abblätternden Tapeten, widerte ihn an. So konnte es nicht weitergehen. Wenigstens war es nicht weit bis zum Pfandhaus, wie er grimmig feststellte. Die Wohnblocks, am Rande der Ulmer Altstadt, bildeten ein Rechteck mit einem schmalen, düsteren Innenhof. Von seinem Fenster aus, welches zum Hinterhof ging, konnte er die Rückseite des gegenüberliegenden Hauses erkennen, in dessen Erdgeschoss die Pfandleihe lag.

Finster sah er hinab in den Hof, überlegend, wie es zukünftig weitergehen sollte. Es war kurz nach Mitternacht. Da er tagsüber meistens im Bett lag und durchschlief, war er nachts hellwach. Plötzlich stutzte er.

Im Mondschein war die Hintertür der Pfandleihe gut zu erkennen. Zwei Männer kamen heran und pochten - schau an, ein Rhythmus wie ein geheimes Codezeichen! – gegen die Tür.

Genau genommen klopfte nur einer an, der Zweite sah sich argwöhnisch um, die rechte Hand verdächtig hoch in Brusthöhe haltend. Rasch trat er einen Schritt vom Fenster weg, sich in den Schatten des Zimmers zurückziehend, dabei das Geschehen nicht eine Sekunde aus den Augen lassend.

Kein Lichtschein fiel aus dem Leihhaus, als sich dessen Tür öffnete. Im hellen Mondlicht konnte er deutlich erkennen, dass einer der Besucher dem Pfandleiher - er nahm an, dass es dieser war, so genau war die Person nicht auszumachen - einen dicken Beutel in die Hand drückte.

Sekunden später tauchten die beiden Männer in den Schatten der Nacht unter.

Die Aufregung erfasste ihn! Gleich morgen früh musste er sich ein Nachtsichtgerät beschaffen, um das seltsame Treiben besser verfolgen zu können. Nicht immer würde ihm der Vollmond helfen.

Rolf Wagner zitterte vor Erregung. Der große Coup! Endlich in greifbarer Nähe! Jetzt galt es genauestens zu beobachten, sorgfältig die Flucht planen und vorher im geeigneten Moment zuschlagen!

*

In Strömen rann ihm der Schweiß über das Gesicht.

Vom Wochenmarkt in Kenzingen bis Bleichheim, über Wagenstadt, hatte er gut drei Stunden gebraucht. Der Weg war nicht gerade schlecht, aber sein einachsiger Handwagen - er zog ihn an den rechts und links angebrachten Griffstangen hinter sich her - bereitete ihm mehr Mühe als vermutet. Mehrmals musste er Kutschen und Ochsengespannen ausweichen, was viel Zeit und vor allem Kraft kostete. Den Wagen von den weichen Äckern oder stellenweise sumpfigen Wiesen auf den festen Weg zurückzubringen, erwies sich oft nicht einfach. Wenigstens traf er auf keine Reiter oder Wagen der Burg. Wie hieß die doch gleich? Kurinberc? Er konnte weder Lesen noch Schreiben, aber das war im Jahre des Herrn 1553 völlig normal. Außer ein paar geistlichen Herren oder einem Ratsschreiber in größeren Städten, war niemand hierzu in der Lage. Wozu auch?

Heute war ein ausgesprochen schwüler Tag. Bleiern und drückend stand die Luft über dem Rheintal bis weit in die Seitentäler des Schwarzwaldes hinein. Der Himmel besaß eine unangenehme Tönung, das demnächst hereinbrechende Gewitter ankündigend.

Bereits wenige Hundert Meter hinter Bleichheim, das Tal der Bleiche aufwärts, konnte man kaum mehr von einem Fahrweg reden. Eher ein Wanderpfad für Fußgänger, denn für seinen Wagen geeignet. Schmal und holperig, dabei teilweise matschig und sumpfig. Na, ja, der Bach halt. Beinahe nach jedem Unwetter suchte der sich ein neues Bett, selbst wenn dies vorher der Pfad war. Was auch bedeutete, dass aus einer Trockenwiese kurz hernach ein Sumpf wurde oder eine Furt sich plötzlich ganz woanders befand.

Wo auch immer. Zudem es kaum einen interessierte, denn es gab in diesem Tal nur wenige Bewohner. Und am Talende? Im Prinzip bildete das Bleichtal eine Sackgasse! Ein schmaler Steig führte hoch zwar zum Streitberg aber der wurde nur äußerst selten benutzt. Wozu auch, befand sich dort oben so gut wie keine Ansiedlung mehr. Nur dichter, nahezu undurchdringlicher Wald. Außer einem Jäger verirrte sich niemand dort hinauf.

Wichtig war die Bleiche nur in Bezug auf die Grenze. Als Grenzflüsschen trennte sie den im Süden gelegenen Breisgau von der Mortenau im Norden.

Seine Schmiede, eine winzige, von einem Mühlrad angetriebene Hammerschmiede, lag an einem schmalen südlichen Zufluss zur Bleiche, somit dem Breisgau zugehörig. Sie war das letzte halbwegs feste Haus hinten im Tal. Danach folgten nur noch ein paar schäbige Hütten. In denen hauste ein Köhler mit seinen Gehilfen. Sie besaßen genau wie er einen Wagen, um die erzeugte Holzkohle nach Bleichheim zu einem Händler zu bringen. So alle ein bis zwei Wochen ein Mal.

Für ihn war es heute kein guter Tag. Nur eine einzige Sichel hatte er verkauft. Die Geschäfte liefen nicht gut, was überwiegend, wie er sich selbstkritisch eingestand, an der Qualität seiner Waren lag.

Nicht dass er ein schlechter Schmied gewesen wäre, aber seine Sicheln und Sensen rosteten einfach zu schnell. Zudem stumpften sie meist nach kurzem Gebrauch ab. Hochwertiges Eisen, wie es für Schwerter und Waffen eingesetzt wurde, war für ihn unerschwinglich.

Er war schon froh, dass es für ihn, seine Frau und die Kinder zum Leben reichte. Wobei die von seiner Frau bearbeiteten Äcker und kleinen Felder zum Unterhalt beitrugen. Ein paar Ziegen, einige Schweine, eher mager denn fett, ein Stall mit Hasen und jede Menge Hühner. Die Milch der Ziegen langte auch noch für ein wenig Käse und die Eier der Hühner, die sie nicht selbst verbrauchten, trug er mit zum Markt.

Dennoch, es war ein hartes, karges Leben!

Gar zu gerne hätte er ein Pferd besessen, besser gleich zwei. Eines um einen Pflug zu ziehen, das andere als Zugtier für seinen Wagen. Seine Mittel reichten jedoch nicht einmal für einen Esel.

Seufzend, tief in unerfreuliche Gedanken versunken, bog er um eine Kurve. Erst als er angesprochen wurde, bemerkte er den am Wegesrand auf einem großen Stein sitzenden Jäger.

»Grüß' dich, Schmied! Was machen die Geschäfte?«

*

Er spürte es genau: Der Tod saß ihm im Nacken!

Dessen eiskalter Atem ließ ihm die Haare zu Berge stehen, schien seine Gedanken und seinen Körper zu lähmen. Dabei war es im seinem Wagen trotz des heftigen Regens angenehm temperiert.

Derzeit war an ein sicheres Fahren nicht zu denken, zu heftig rauschte der Schauer herab und überflutete die Straßen. Einen Unfall durch Aquaplaning konnte er sich in seiner Situation wirklich nicht leisten. Viele der kleinen Sträßchen im Schwarzwald wurden immer wieder unversehens von breiten Sturzbächen überquert. Auf dem Parklatz, gegenüber einem Gasthof, oben auf dem Streitberg, hatte er daher vorübergehend angehalten, um den schlimmsten Teil des unerwartet aufgetauchten Unwetters abzuwarten.

Die schwierigen ersten Stunden lagen hinter ihm. Auf Nebenstraßen hatte er die Schwäbische Alb überquert, unlogische Umwege in Kauf genommen, war in einem weiten Bogen nach Süden gefahren und hatte nun fast den Schwarzwald hinter sich gebracht. Jetzt hatte er es beinahe geschafft.

Bald würde es dunkel sein und niemand konnte dann so ohne weiteres das Nummernschild ablesen. Nicht bei Nacht! Dank der offenen EU-Grenzen nach Frankreich war, zumal mit seinen exzellent gefälschten Ausweisen, ein Untertauchen leicht möglich. In Straßburg einfach den Wagen stehen lassen. Mit der Bahn weiter nach Süden ...

Von Portugal aus auf einem Frachter unauffällig nach Südamerika. Kein Problem! Paradies, ich komme!

Trotzdem ...

Irgend so eine dumpfe Vorahnung. Wieder kroch es ihm eiskalt den Rücken hinab. Ihn schauderte.

Entschlossen drehte er den Schlüssel im Zündschloss und startete den Wagen. Nur noch eine kurze Zeit und er war in Frankreich und damit vorläufig in Sicherheit. Verbrechen zahlten sich eben doch aus, dachte er zufrieden. Wenigstens in seinem Fall!

Aber seine dunkle Vorahnung? Unwichtig ...!

*

Erschrocken fuhr der Schmied zusammen, als er so unvermutet angeredet wurde.

Gleich darauf beruhigte er sich wieder. Ein harmloser Jäger, die Armbrust über die Schulter gehängt und seinen kräftigen Speer an den Stein gelehnt. Ein Sauspeer, wie er erkannte. Wollte der Wildschweine jagen? Ganz allein? Plötzlich kam ihm der Grünrock reichlich seltsam vor.

Der war aufgestanden und an seinen Wagen herangetreten – er hatte angehalten, um dem Jäger zu antworten - und betrachtete gründlich die Waren.

»Sieht nicht gerade gut aus, Schmied! Und so wie ich es einschätze, hast du heute nicht viel verkauft, oder?«

Nun, dem konnte er kaum widersprechen.

»Die Zeiten sind hart, Herr Jäger! Geld für besseres Material habe ich nicht und die ...!«

»Schon gut, ich kenne deine Schwierigkeiten und bin hier, um dir ein Angebot zu machen! Ein Beutel voll Gold für den Anfang und andauernden Erfolg mit deiner Schmiede! Wenn du die von mir vorgeschlagenen, harmlosen Bedingungen einhältst, kostet es dich keinen Heller! Du kannst bis an dein Lebensende reich und glücklich werden! Hältst du dich indessen nicht an den Vertrag, gehört deine Seele, auch die von unehrlichen Nachkommen deinerseits, mir! Dies gilt so lange, bis einer deiner Nachfahren einer großen Versuchung widerstehen kann. Erst dann wird der Pakt enden!«

Sieh an, hatte er es doch befürchtet. Der Teufel persönlich! Schon wollte er ablehnen, als der Jäger hinzufügte:

»Wenn du willst, bringe ich dir heute um Mitternacht das Dokument vorbei! Du kannst es in aller Ruhe prüfen! Es hat keine Eile! Ein paar Tage, ein paar Wochen, es hängt allein von dir ab. Wenn du einverstanden bist, begib dich an einem beliebigen Tag, natürlich ebenfalls zur Mitternacht, ganz allein in deine Schmiede und stelle das Mühlrad an! Drei Hammerschläge, nicht mehr und nicht weniger. Dann werde ich erscheinen und wir können den Vertrag abschließen. Einverstanden?«

Er musste jetzt nicht sofort unterzeichnen? Konnte in Ruhe überlegen und sich vielleicht von seiner Frau beraten lassen?

Das erschien ihm durchaus überlegenswert. Das Dokument ohne eine Verpflichtung annehmen, warum auch nicht? Was konnte schon geschehen? Nichts! Er wurde ja nicht gezwungen, diese Abmachung anzunehmen.

Also sagte er bereitwillig zu. Der Jäger nickte:

»Bis demnächst um Mitternacht, Schmied!« Verblüfft rieb er sich die Augen. Der Jäger war spurlos verschwunden!

*

Der Regen hatte aufgehört. Vom Streitberg herab waren es nur noch wenige Kilometer bis Bleichheim, danach irgendwo über den Rhein und er war in Sicherheit.

Vor ihm tauchten die Lichter einer kleinen Gaststätte auf. Sein nagender Hunger und Durst kamen ihm bei dem Anblick so richtig ins

Bewusstsein. Kurz entschlossen hielt er an und stieg aus.

Schau an, eine alte Hammermühle! Genauer gesagt, eine von einem Wasserrad angetriebene Hammerschmiede.

Vermutlich jetzt nur noch ein Museum, dennoch recht nett, zumal sich, wie er im Näherkommen sah, zwei verschieden große Mühlräder direkt neben dem Eingang – er musste ein paar Stufen hochsteigen, um den Mühlbach zu überqueren – leise plätschernd drehten. Das Innere der Gaststätte war sehr gemütlich eingerichtet. Ein kurzer Rundblick und er nahm in einer Ecke Platz.

Eine freundliche Frau – die Wirtin selbst? – brachte ihm die Speisekarte. Schnell hatte er ein Gericht ausgesucht und sich ein Getränk bestellt. Eine Rotweinschorle sauer, viel Mineralwasser, wenig Rotwein. Aber gut zum Aufwärmen. Während er auf das Essen wartete, ging er in unerfreulichen Gedanken das Geschehen in Ulm durch.

Bisher war er ein kleiner Gelegenheitsgauner gewesen. Aber jetzt? Aus dem Kleinganoven war ein Verbrecher geworden. Mord, würde es der Staatsanwalt nennen. Er, Rolf Wagner, es gab nichts daran zu beschönigen, war zum Mörder geworden.

Ausreden? Entschuldigung? Eigentlich keine! Kaltblütig und bewusst hatte er den alten Mann erschossen.

Dabei schien anfangs alles so einfach zu sein.

Die beiden Boten hatten ihre Lieferung - mal war es ein Beutel, dann wiederum eine Tragtüte, einmal schien es sogar ein Päckchen gewesen zu sein -, wie von ihm seit gut zehn Tagen beobachtet, pünktlich

16

übergeben. Kaum dass er den startenden Motor und anschließend die Geräusche des sich entfernenden Autos vernommen hatte, huschte er lautlos zur Hintertür der Pfandleihe. Bisher hatte er diese nur durch die Vordertüre betreten und manch heiße Ware zu einem erniedrigend geringen Preis verhökert. Heute war Zahltag! Der geizige Hehler würde ihn für alles entschädigen.

Er hatte sich das Klopfzeichen gut gemerkt und ein paar Mal zu Hause geübt. Schlurfende Schritte und vor ihm öffnete sich die Tür einen Spalt breit. Kraftvoll warf er sich dagegen, sodass sie weit aufschwang. Schnell schlug er sie hinter sich wieder zu, dem taumelnden Hehler mit dem Knauf seiner Pistole - er trug seit ein paar Tagen immer eine Waffe mit sich, mit der Mafia war nicht gut Kirschen essen! - eins überziehend.

In dem Raum brannte lediglich eine mickrige Lampe. Der Alte war wirklich sehr sparsam. Hastig sah er sich um. Das Lederbeutelchen! Der Hehler hatte anscheinend noch keine Zeit gefunden, um es wegzuräumen. Gut so!

Danach begab er sich eilends zu Kasse. Ein uraltes Modell, für einen geübten Dieb wie ihn leicht zu knacken. Achtlos stopfte er sich die Scheine in die Taschen, das Handy, welches dort lag, gleich mit einpackend. Wer weiß, wozu er das noch gebrauchen konnte. Ein schneller Rundblick - die Zeit brannte ihm auf den Nägeln, er musste dringendst verschwinden - und er schritt eilig zur Hintertür.

»Rolf? Du?«

Verdammt! Der Alte war viel zu schnell zu sich gekommen und hatte ihn trotz der schwachen

Beleuchtung erkannt. Für einen Moment geriet er in Panik. Ohne zu Überlegen, wie in Trance, zog er die Pistole. Zweimal abgedrückt. Dank des Schalldämpfers außerhalb des Zimmers nicht zu vernehmen.

Er machte sich erst gar nicht die Mühe, die Wirkung seiner Schüsse zu begutachten, sondern sah zu, dass er wegkam. Sorgfältig zog er die Tür hinter sich zu. Schnell, dennoch nicht zu hastig, sich immer im tiefsten Schatten der Nacht bewegend, schritt er zu seinem in der Nebenstrasse geparkten Wagen und stieg ein. Vorsichtig fuhr er los. Ja nicht auffallen! Ja keine Geschwindigkeitsübertretungen oder sonstiges.

Zudem ab sofort nur noch Nebenstrassen mit wenig Verkehr und ...

»Guten Appetit!«

Erschrocken fuhr er hoch und blickte in das freundliche Gesicht der Wirtin. Dankend nickte er ihr zu und begann hungrig zu essen. Minuten später schob er gesättigt den Teller zur Seite und gönnte sich einen tiefen Zug aus dem Bierglas. Wirklich, das Gebräu aus dem Schwarzwald schmeckte ausgezeichnet.

Als er sein Glas absetzte, sah er wie ein kleines Mädchen, höchstens fünf oder sechs Jahre alt, an seinen Tisch herantrat und ihn fröhlich anlachte. Niedlich, die Kleine.

Ein leises Klingeln in seiner Jackentasche lenkte ihn ab. Das Handy des Pfandleihers! Mist! War das etwa die ganze Zeit über eingeschaltet gewesen?

Ahnungsvoll zog er es hervor, drückte die Taste und hielt es mit zitternder Hand ans Ohr.

Weder der eiskalte Tonfall noch der slawische Akzent war zu überhören:

»Du hast etwas, das uns gehört, du Schwein! Wir kriegen dich und danach wirst du bereuen, dass ...!«

Was für ein dummer, elender Fehler! Hätte er das verdammte Ding doch nur nicht eingesteckt, dazu noch im Standby-Modus. ›Sie‹ hatten ihn geortet und würden ihn ...

In panischem Entsetzen sprang er auf, warf einen Geldschein auf den Tisch und raste kopflos aus dem Gasthaus, warf nebenbei das Handy in den Mühlbach und rannte über die Straße hin zu seinem Auto, die jungen Leute, welche herumstanden und ihm etwas zuriefen, nicht beachtend. Nur ein Gedanke hämmerte in seinem Kopf, beherrschte ihn völlig, machte ihn blind für seine Umgebung:

›Nichts wie weg und über die Grenze, egal wie!‹

Jemand zerrte an seiner Jacke, wollte ihn aufhalten. Waren ›Sie‹ bereits hier? Blindlings schlug er zu, mitten in das in der Dunkelheit nur verschwommen auszumachende Gesicht. Ein schriller Schrei - wahrscheinlich hatte er dem Kerl die Nase zertrümmert - und sein Weg war frei. Er riss die Autotür auf, startete den Motor, schaltete das Licht ein und fuhr, ohne sich anzuschnallen, mit durchdrehenden Räder an. Ein Schatten vor ihm. Glaubten ›Sie‹ wirklich, ihn jetzt noch aufhalten zu können?

Ein dumpfer Schlag, das Splittern von Glas, der linke Scheinwerfer erlosch und sein Wagen schoss auf die Strasse. Rolf Wagner sah nur noch den Asphalt vor sich.

Und sein Ziel: Die Grenze nach Frankreich überqueren. Dummerweise würde er vorher das Fahrzeug wechseln müssen. Mit dem defekten Licht würde er schnell entdeckt und angehalten werden.

Er versuchte sich zu erinnern. Der nächste Ort war Bleichheim, danach kam Wagenstadt, und dann ging es auf die B3. Am besten nach Süden. Über Kenzingen nach Emmendingen und sich dort ein neues Fahrzeug beschaffen.

Ja, ein guter Plan! Seine Augen glänzten in einem irren Feuer. Sein Gesicht war verzerrt, sein Geist begann sich zu verwirren. Jemand lachte. Ein teuflisches, dämonisches Lachen ... wer? ... er selbst, oder ...?

Schneller und schneller schoss der Wagen die L109 entlang.

*

Verblüfft, mit offenem Munde staunend, sah Anni dem ›Onkel‹ hinterher.

Gerade hatte sie ihn ansprechen wollen - der ›Onkel‹ hatte sein Lederbeutelchen verloren, es war unter die Sitzbank gefallen -, da rannte dieser weg. Beim Spielen hatte sie einen Gegenstand unter der Bank erblickt und war unbemerkt darunter gekrabbelt, um sich die Sache genauer anzusehen. Nun stand sie fassungslos da, das Beutelchen krampfhaft festhaltend.

Dem ›Onkel‹ nachlaufen oder nicht? Bevor sie zu einem Entschluss kam, hörte sie einen lauten Schrei. Im nächsten Moment rannte alles aus der Gaststube ins Freie. Ratlos stand Anni allein da. Danach betrachtete sie das Beutelchen und entschloss sich, es erst einmal in ihrem Kinderzimmer zu verstecken. Wenn der ›Onkel‹ wieder kam, würde sie es ihm zurück geben.

*

Drei Tage hatte er mit sich gerungen, ob er das Dokument seiner Frau zeigen sollte oder nicht. Dann hatte er sie ins Vertrauen gezogen. Im ersten Augenblick war sie erschrocken, doch anschließend erkannte sie schnell die Vorteile.

Reichtum ohne ein persönliches Risiko! Wenn es schief ging, holte der Teufel nur ihren Mann? Na und? Als wohlhabende Witwe würde sie für den Rest ihres Lebens genug Männer finden. Und ihre Nachkommen? Es war ihr so was von egal, ob die zur Hölle fuhren oder nicht!

Ohne ihre Gedanken zu verraten, riet sie ihrem Mann scheinbar selbstlos, nur um dessen Wohl bemüht, mit wohl gesetzten Worten zur Annahme.

Überzeugt nickte der Schmied.

»Gut! Dann also morgen Abend!«

*

Auch wenn er es nicht gerne zugab, aber tief im Inneren verspürte er eine Heidenangst. Seine Eingeweide verkrampften sich, sein Mund war trocken und er konnte kaum atmen.

Mit vielen Kerzen und Öllichtern hatte er die Schmiede hell ausgeleuchtet. Im Halbdunkel allein mit dem Fürsten der Hölle? Die Furcht hätte ihn umgebracht! Die Torflügel zur Hammerschmiede standen weit offen. Da er keine Uhr besaß, war er auf die Glocke der im romanischen Stil erbauten Hilariuskirche in Bleichheim angewiesen. In der Stille der Nacht und bei zusätzlich leichtem Westwind gut zu vernehmen.

Beim ersten fernen Glockenschlag verband er das Hammerwerk mit der Achse des sich bereits langsam drehenden Mühlrades.

Drei weithin schallende, dröhnende Hammerschläge. Sofort trennte er das Hammerwerk wieder ab und schob den Schieber für die Schleuse, welche das Wasser aus dem Kanal dem Mühlrad zuführte, auf ›sperren‹. Das umgeleitete Wasser ergoss sich harmlos rauschend in das normale Bett des Mühlbaches.

Während er noch das Mühlrad abstellte, die Sperrklinke einrasten ließ, flackerte hinter ihm ein roter Lichtschein auf. Auch wenn ihm schier das Herz stehen bleiben wollte, dabei Mühe hatte sich nicht einzunässen, drehte er sich dennoch um.

Wie erwartet, der Jäger! Und hinter ihm ein scheinbar in unendliche Tiefen reichender Schacht, welcher in der Ferne ein wahres Höllenfeuer zeigte. Indessen, der Grünrock gab sich recht leutselig, schritt zu einem seitlich stehenden Pult und legte das scheinbar aus dem Nichts erschienene Dokument darauf.

»Nun, Schmied, du hast dich also entschieden! Ich werde es dir noch einmal vorlesen!«

Langsam und deutlich las der Jäger den Vertrag vor und fragte anschließend: »Wünscht du noch Änderungen?«

Der konnte nur den Kopf schütteln, seine Stimme gehorchte ihm nicht.

»Gut, gib mir deinen Arm! Du weißt ja, ein derartiger Packt wird immer mit Blut besiegelt!«

Ehe sich's der Schmied versah, hatte ihn der Teufel in den Unterarm gestochen und einen Federkiel in das in warmen Tropfen herunter rinnende, rote Nass gehalten.

»Dein Zeichen, Schmied!«

Gehorsam setzte er zwei sich kreuzende Linien unter den Vertrag. Zufrieden nickte der Jäger, faltete das Schriftstück zusammen und war im selben Augenblick verschwunden. Und der Schacht in die Hölle mit ihm.

Zitternd sah der Schmied sich um. Vom Pult her ertönte ein leises Klirren. Er traute seinen Augen kaum: Eine faustgroße, aus dünnen Lederschnüren geflochtene Börse, zwischen deren Maschen es golden hervor schimmerte.

Gierig öffnete er den Beutel. Wie die Münzen im Licht der Kerzen rundum gleißten und funkelten. Goldgulden und Dukaten! Er war reich! Steinreich!

*

Wie erwartet! Er konnte mit Charlys teurem Sportwagen bequem mithalten.

Seite an Seite rasten sie die Strasse entlang. Spöttisch sah er zu dem rechts neben ihm fahrenden Wagen. Charly saß verkrampft hinter dem Steuer, schien nicht begreifen zu können, dass er so locker mitzog. Vielleicht sollte er mehr Gas geben und sich vor Charly setzen? Andererseits stand sein

Drehzahlmesser bereits an der Grenze zum roten Bereich und über die rasch ansteigende Motortemperatur wollte er sich lieber keine Gedanken machen. Nach dem Rennen konnte er die Maschine sowieso nur noch wegwerfen. Also vorerst moderat bleiben und dann, kurz vor dem Ziel, rücksichtslos Vollgas geben, sich vor Charly setzen und gewinnen, egal was mit der Karre anschließend geschehen würde.

Verdammt! Was war das?

Ein Motorrad! Und wie schnell es um die Kurve geschossen kam!

Wie war der Idiot denn auf diese Straße gelangt? Aus einem Seitenweg? Oder hatten den die Helfer, oben an der Hammerschmiede oder Einmündung der Seitenstraße, nicht stoppen können? Viel Zeit blieb ihm nicht mehr. Er bremste mit aller Kraft, dummerweise Charlie auch, so dass sie immer noch, allerdings deutlich langsamer als bisher, nebeneinander herfuhren. Reaktionsschnell zog er seinen Wagen noch weiter nach links, bis die Räder das Bankett streiften. Zwischen ihm und Charly öffnete sich eine schmale Lücke, gerade breit genug, um den Biker durch zu lassen.

Als er die Wahrheit erkannte, war es längst zu spät. Dies war kein Motorrad, sondern ein heranrasendes Auto, dessen linker Scheinwerfer ausgefallen war.

Danach dachte er nichts mehr. Als er wieder zu sich kam, saß er noch immer hinter dem Steuer seines Wagens. Seltsam! Totenstille! Sein Auto, es war ein ausgebranntes Wrack! Er sah an sich hinunter. Alles in Ordnung! Wie durch ein Wunder war er ohne einen Kratzer davongekommen. Schwarzer Qualm zog vorüber. Apropos schwarz. Alles um ihn herum war in schwarzweiß, wie in alten Kinofilmen.

Von Links trat jemand an sein Fahrzeug heran. Komisch! Der Mann passte nicht ins Bild. Ein bunter Farbfleck. Grün, um genauer zu sein. Ein Jäger. Mühelos öffnete der die verzogene Tür.

»Steig schon aus, Erich! Du bist am Ziel!«

Am Ziel? Und wer hatte gewonnen? Der Grünrock schien seine Gedanken zu erraten.

»Keiner hat gewonnen! Nie hat ein Raser, der sein und anderer Leben aufs Spiel setzt, je gewonnen! Deine hirnlose Wette hat einem deiner Helfer, oben beim Gasthof, das Leben gekostet. Du und Charly, ihr habt eine höllische Fahrt unternommen. Ihr seid beide am Ziel!«

Erich begriff. Er war tot und auf seinem letzten Weg. Ohne Auto. In der Hölle brauchte er es nicht mehr.

*

Das Gold zerrann ihm nur so unter den Fingern.

Nachdem der Beutelinhalt verprasst war - Kleider und Schmuck für die Frau, Wirtshausbesuche, Kartenspiel, leichte Mädchen für ihn, große Gelage für beide und natürlich teures Dienstpersonal, blieb ihm nichts anderes übrig, als wieder zu arbeiten.

Wie lautete doch gleich die Klausel in dem Vertrag? Ach, ja, an Werktagen, aber höchstens fünf Stunden am Tag. Und keinesfalls an Sonn- und Feiertagen!

Bald kam der Wohlstand zurück. Seine Sicheln und Sensen waren erstklassig. Kein Rost mehr und lange haltbar. Was sich schnell herumsprach. Als er darüber hinaus noch ausgezeichnete Beile und Äxte anfertigte, rissen ihm die Händler die Ware geradezu aus den Händen. Sie zahlten gut. Die entlassenen Dienstboten wurden erneut eingestellt und das Leben in Saus und Braus wieder aufgenommen. Nach der Arbeit natürlich.

Doch seiner Frau langte es nicht. Sie wollte mehr! Eine große Dame werden, Äcker und Wälder besitzen, eine Kutsche und sonst noch so allerlei.

Die Gier fraß sie beinahe auf.

»Wenn du täglich ein klein wenig länger arbeiten würdest, könntest du viel mehr herstellen und verdienen und ...!«

Nach einiger Zeit hatte sie ihn weich gekocht und er dehnte seine Arbeitszeit mehr und mehr aus. Bald langte er bei täglich sieben Stunden an. Sein Reichtum und Wohlstand mehrte sich, genau wie es der Herr im grünen Jägergewand versprochen hatte.

»Wie wäre es, wenn du sonntags, nur so zwei oder drei Stündchen ...?«

Jetzt erschrak er in der Tat. Aber seine Frau plagte ihn so lange, bis er nachgab.

Recht bedenklich stellte er daraufhin am folgenden Sonntag das Wasserrad an. Nach zwei Stunden schmieden hörte er auf. Wunderschöne Sicheln, fast noch besser als sonst.

Natürlich hatte er das Gesinde rechtzeitig weggeschickt. Niemand sollte sehen, dass er den Tag des Herrn durch Arbeit entweihte.

Nach einem Monat arbeitet er auch weiterhin sonntags. Danach kam Allerheiligen.

Schon in der Frühe zog eine Regenfront von Westen her das Tal herauf. Ferners Donnergrollen und der

Widerschein von Blitzen. Es störte ihn nicht. Ab elf Uhr ließ er das Wasser über das Rad rauschen, kuppelte die Schmiedehämmer ein und machte sich ans Werk. Das Gewitter nahm von Minute zu Minute heftiger und schien sich rund um die Hammerschmiede auszutoben.

Ein starker Luftzug ließ das Feuer hell auflodern. Seine Frau kam in heller Angst herein geschossen, einen Schwall Regen mit sich bringend. Im Hause oben, so ganz allein, hielt sie es bei diesem Unwetter nicht mehr aus.

»Stell' die Schmiede ab und komm mit mir hoch! Hier ist alles viel zu unheimlich!«

Die Kirchenglocke in Bleichheim schlug die zwölfte Stunde, der Schmied konnte es beim Lärm der Schmiedehämmer nicht hören.

»Nur noch zwei Sicheln und dann ...«

Er kam nicht mehr dazu, seinen Satz fertig zu sprechen. Ein furchtbarer, krachender Donnerschlag bei gleichzeitig aufleuchtendem Blitz, welcher hell durch die Lichtschächte drang, ließ ihn verstummen.

Die Türflügel zur Schmiede öffneten sich lautlos und der Jäger trat herein. Hinter ihm züngelnden die Feuer der Hölle!

»Komm mit, Schmied! Du hast den Vertrag gebrochen! Nun musst du deine Schuld einlösen!«

Er sah die Frau, welche sich angstschlotternd hinter ihrem Mann zu verbergen suchte, scharf an.

»Du hast ihn andauernd bedrängt und zum Ungehorsam verführt! Deshalb wirst du mir ebenfalls folgen!«

Er drehte sich um und schritt, ohne sich noch einmal umzusehen, aus der Schmiede.

*

Verstört umstanden die Mägde und Knechte die bis auf die Grundmauern niedergebrannte Hammerschmiede.

»Was für ein furchtbares Gewitter! Die Gewölbe sind eingestürzt! Wenn sie dort Unterschlupf gesucht haben ...!«

Der herbeigerufene Pfarrer nickte zustimmend.

»Gott sei ihrer armen Seelen gnädig!«

»Amen!«, murmelten die Umstehenden leise.

Alsbald machten Gerüchte von einem Fluch die Runde. Die nachfolgenden Jahrhunderte tilgten alle Spuren des Gemäuers. Und die Menschen vergaßen. Aber der Fluch blieb.

*

Wenn die Sicht nur nicht so schlecht gewesen wäre. Aber mit nur einem Scheinwerfer, bei Nieselregen, konnte er wohl nicht mehr erwarten. Hoffentlich erkannten ihn entgegenkommende Fahrzeuge rechtzeitig.

Zwei Lichterpaare kamen ihm entgegen. Er hielt sich scharf rechts, um ja nicht mit denen zu kollidieren.

Schlagartig wurde er totenbleich. ›Sie‹ hatten ihn gefunden! Kamen nebeneinander, ihm absichtlich die Straße versperrend, auf ihn zu. Er sah in seiner Vorstellung schon die auf ihn gerichteten Pistolenläufe. ›Sie‹ würden ihn gnadenlos erschießen!

28

Plötzlich lachte er. Ein irres und zugleich höhnisches Lachen! ›Sie‹ hatten sich zu früh gefreut. Aufheulend schoss sein Wagen vorwärts, als er das Gaspedal bis zum Anschlag durchtrat.

»Auf Wiedersehen in der Hölle, ihr Idioten!«

*

Sie hatten es nicht mehr weit. Gleich würde die Kreuzung oben am Streitberg erreicht sein. Da war sie schon! Vor ihnen flackerten blaue Lichter. Eine Polizeisperre!

»Was gibt's, Herr Wachtmeister?« Igor hatte die Scheibe heruntergekurbelt. Die Bullen waren doch nicht etwa ihretwegen hier?

»Ein Unfall! Die Straße nach Bleichheim ist bis morgen früh voll gesperrt! Sie können, wenn Sie wollen, bis zum Gasthof Hammerschmiede fahren und dort anhalten. Danach geht's nicht mehr weiter!«

»Vielen Dank!« Igor hatte schnell geschaltet. »Genau dorthin wollten wir, eine Kleinigkeit essen!«

Der Polizist ließ sie durch, auch wenn er sich über das Ulmer Autokennzeichen wunderte.

›Ob die als Touristen hier im Schwarzwald Ferien machten?‹, waren seine Gedanken. Gleich darauf, als das nächste Fahrzeug sich näherte, hatte er den Vorfall schon wieder vergessen.

*

Nach einem ausgiebigen Mahl mischten sie sich unter die Neugierigen und liefen zu Fuß zur Unfallstelle. Drei ausgeglühte Autowracks, umringt von Feuerwehrmännern, Polizisten, Helfern und Schaulustigen, zeugten von dem grauenhaften Geschehen.

Hier war nichts mehr zu machen. Ihre Diamanten waren, zusammen mit dem Dieb, längst verbrannt.

Achselzuckend wandten sie sich ab.

*

»Oh! Das ist der Onkel, der sein Beutelchen verlor!«

Anni wies auf das Bild in der Tageszeitung, welche ihr Vater auf dem Tisch ausgebreitet hatte. Es zeigte den Mann, der in Ulm einen Hehler beraubt und getötet hatte und anschließend auf seiner Flucht vor ein paar Tagen, wenige Hundert Meter von ihnen entfernt, tödlich verunglückt war.

»Was für ein Beutelchen, Anni?«

Ihre Mutter trat hinzu.

»Es lag unter seinem Sitz. Ich hob es auf, aber ich konnte es ihm nicht zurückgeben, da er wegrannte!«

Anni kletterte von der Bank.

»Ich hole es gleich!«

Keine zwei Minuten später kam Anni strahlend angehüpft und reichte ihrem Vater einen gut faustgroßen, sorgfältig verschnürten Lederbeutel. Der zögerte kurz, doch gleich darauf öffnete er ihn entschlossen und sah vorsichtig hinein. Für einen Moment blieb ihm die Luft weg, ehe er bedächtig einen Teil des Inhalts auf den Tisch schüttete. Diamanten! Funkelnde, glitzernde, lupenreine Diamanten und Brillanten. Was für ein Reichtum!

Bestürzt sah er seine Frau an.

»Ganz gewiss ist dies die Beute aus dem Raubmord!«

Mehrere Sekunden lang starrte er wortlos das vor ihm ausgebreitete, beträchtliche Vermögen an. Schwerfällig erhob er sich und ging zum Telefon.

»Polizei? Ja, kann ich bitte den Leiter der Kripo sprechen, welcher vor drei Tagen den Unfall bei Bleichheim untersucht hat? Ja? Gut, ich warte!«

Seine Frau sah ihm aufmerksam zu. So erschüttert hatte sie ihren Mann noch nie gesehen.

»Hallo? Ja? Herr Kommissar? Hier ist die Hammerschmiede! Bitte kommen Sie sofort her! Es ist wegen des Unfalls! Ja, es ist äußerst wichtig und dringend! Sie kommen gleich? Gut! Danke!«

Bedächtig legte ihr Mann auf. Stumm setzte er sich auf die Bank. Ein krachender Donner, der Blitz musste ganz in der Nähe eingeschlagen haben, riss ihn erschrocken hoch.

»Wo ist Anni?!«

Entsetzt sahen sich ihre Eltern an. Anni war weg! Sie rannten zur Tür. Es gelang ihnen nicht, diese zu öffnen. Ein heulender, kreischender Wind, von einem mehr als heftigen Schauer begleitet, drückte sie immer wieder erbarmungslos zu. Blitz um Blitz zuckte herab, zusammen mit grollendem, hallendem Donner.

»Anni! Anni!«

Ihre Mutter verging fast vor Angst um ihre Tochter.

Zwei Minuten später war das Gewitter vorbei. Kein Blitz, kein Donner, kein Regen. Als sie die Tür abermals zu öffnen versuchten, ging diese ganz leicht auf. Draußen war es taghell, sonnig und trocken! Das gab es doch nicht! Welch ein Spuk hatte sie genarrt?

Anni kam fröhlich herbei, begeistert ein Ledertäschchen schwenkend.

»Mammi! Papi! Schaut her! Ein Jäger gab mir das und sagte, dass wir es behalten dürfen. Er erzählte mir auch, dass Papi einen uralten Pakt beendete! Ich weiß nicht, was er damit gemeint hat, er ist gleich wieder verschwunden!«

Erleichtert schloss ihre Mutter Anni in die Arme, nahm sie hoch und trug sie in das Gasthaus. Die Kleine setzte das Täschchen unbefangen auf dem Tisch ab. Es war eine aus dünnen Lederschnüren geflochtene Börse, zwischen deren Maschen es golden hervor schimmerte.

Gemeinsam, selbstredend kräftig unterstützt von Anni, öffneten sie das Beutelchen. Im Licht des Tages gleißten und funkelten frisch geprägte Gulden und Dukaten aus reinem Gold.

Hexensee

In grausamer Vorfreude erblickte er das vor ihm liegende Dorf.

Genau so, wie es die feigen Männer am Eingang zur Klamm beschrieben!

Alle ihre Wertsachen? Vor Plünderern, Banditen und marodierenden Soldaten rechtzeitig in Sicherheit gebracht. Dachten sie. Er redete ihnen in dem Gehöft unterhalb der Schlucht, gut zu. Schließlich kannte er seine Pappenheimer!

Der Erste Weltkrieg ...

Nicht seine Schuld, dass sie ihn verloren. Zu viele unfähige Offiziere und Heeresführer. Dennoch gedachte er nicht, sich mit einem kargen Sold, wenn der überhaupt jemals ausgezahlt wurde, abspeisen zu lassen. Heutzutage, in diesen ungesetzlichen Zeiten, in den Nachwirren des Krieges, musste ein jeder selbst zusehen, wie er weiterkam. Rauben, vergewaltigen und plündern. Elende Zivilisten! Während er und seine Kameraden sich in den eisigen Schützengräben beinahe den Hintern abfroren, jeden Moment damit rechneten, dass sie im Gefecht fallen würden, verkrochen sich diese feigen Pazifisten in ihr warmes Zuhause und lebten gut. Für die Soldaten hingegen gab es meist magere Rationen und diese zudem in mieser Qualität.

Nie wieder, schwor er sich! Jetzt kam seine Zeit, die Gelegenheit zur Rache und Wiedergutmachung. Zusammenraffen was es gab und danach an irgendeinem Ort als reicher Mann unerkannt neu anfangen.

Seit einigen Wochen trieben sie sich im Markgräflerland herum. Der Rhein verlief als Grenze zwischen ihnen und Frankreich. Er, Hauptmann Kurt Krüger, und zehn Kameraden. Ein Leutnant, ein Unterführer sowie acht Soldaten. Ihm treu ergebene Männer aus seiner früheren Truppe.

Zu Fuß! Fahrzeuge? Im Krieg überwiegend zerstört und wertlos, da es schon lange keinen Treibstoff mehr gab. Selbst wenn es das alles noch gäbe, es hätte ihnen nicht geholfen. Viele Straßen waren unterbrochen, so gut wie alle Brücken absichtlich gesprengt, um den anrückenden Feind beim Vormarsch aufzuhalten.

Marodeure! Sie waren Marodeure, ungesetzlich, verschlagen und heimtückisch. Eine mörderische Brut!

Schließlich, vor wenigen Tagen, in einer üblen, einsam stehenden Kneipe am Rande des Schwarzwaldes. Dünner, verwässerter Wein, gierige Dirnen und ein abgefeimter, heimtückisch dreinsehender Wirt. Eine der ungewaschenen, unangenehm riechenden Metzen erzählte im Suff von einem verborgenen, in einem kaum zugänglichen Talgrund liegenden, ungemein reichen Dorf. Der Soldat kam hernach schnurstracks zu ihm gerannt. Als sie die Frau eindringlich befragten, bekamen sie die ungefähre Richtung und Entfernung heraus, in der sie suchen mussten. Auf ihren eigenen, recht alten Karten fanden sie allerdings nichts. Also nahmen sie sich den Wirt vor. Der lachte bloß dumm und meinte, es sei nichts als eine uralte Sage und Legende. Von vorne bis hinten erlogen. Zudem laste ein Fluch auf diesem

Dorf. Angeblich läute eine Glocke bisweilen des Nachts ohne einen Glöckner. Ammenmärchen halt.

Danach drehten sie ihn gründlich durch die Mangel. Der Mann blieb hartnäckig bei seiner Aussage. Immerhin konnte er die Lage des Hochtales hinlänglich genau beschreiben. Was ihm allerdings nichts nützte. Keine Zeugen!

Als sie gesättigt und ausgeschlafen am späten Vormittag, mit genügend Vorrat versehen, weiter zogen, lebte in der lichterloh brennenden Schenke niemand mehr. Na und? Auf die paar Zivilisten kam es sowieso nicht an. Auf die dreckigen Huren erst recht nicht. Töten war ihr Handwerk und sie sahen keinen Grund, warum sie von lieb gewordenen Gewohnheiten Abstand nehmen sollten. Viele tote Gegner ließen sie im Krieg zurück, gewährten niemals Gnade. Ihre Einheit besaß einen schlechten Ruf, war aber im Stillen dennoch für besondere Aufgaben hochwillkommen. Sie wurden daher ausschließlich dort eingesetzt, wo man hinterher absolute Ruhe haben wollte. Gräueltaten? Nicht doch! Niemand hörte je davon oder sah etwas. Alle schauten sie rechtzeitig weg!

Ihr Atem gefror schier in dieser Kälte. Das Tal erstreckte sich offen vor ihnen. Der Talgrund lag gut dreißig bis vierzig Meter unter der Anhöhe, auf der sie nebeneinander standen. Sie waren nur noch zu sechst. Der Weg durch die tückische, vereiste Schlucht forderte Opfer, zudem umso mehr Schnee lag, je höher sie stiegen. Derart gefährlich hatten sie sich das keinesfalls vorgestellt! Wobei man kaum von einem Weg sprechen konnte. Kein Wunder, dass alle Schätze in der kleinen Ansiedlung hoch oben versteckt wurden. Die Natur wachte besser über sie, als es je ein Mensch vermochte.

Fünf seiner Männer stürzten bei dem stundenlangen Aufstieg, der kraftraubenden Kletterei, ab. Gut, umso größer war danach der jeweilige Anteil für die übrigen.

Freudiger Triumph lag in den Gesichtern seiner Kameraden beim Anblick der Hand voll Gebäude. Inmitten der Ansiedlung stand auch eine, im Gegensatz zu den hölzernen Häusern, aus festem Stein erbaute Kirche. Also, wenn die Wertsachen nicht in dem Gotteshaus verborgen lagen, wollte er nicht mehr Kurt heißen!

Prüfend blickte er sich um. Hinter ihnen stiegen dunkle Schneewolken die Klamm hoch. Erste Flocken rieselten herab. Unwichtig! Er plante sowieso nicht, gleich zurückzukehren. Vor ihm erhoben sich einladend aussehende Unterkünfte, welche auf sie zu warten schienen.

Sicherheitshalber nahm er sein Gewehr vom Rücken und lud es durch, eine Mauser G98. Seine Waffe gab ihm Sicherheit, denn irgendetwas am Anblick des Ortes irritierte ihn. Noch während er rätselte, kam sein Leutnant herbei.

»Schau dir das an, Kurt!« Nervös sah sich der Mann um. »Das Dorf scheint wie ausgestorben! Kein Licht ist in der Dämmerung zu sehen, nirgends steigt Rauch aus einem der Kamine auf!«

Verdammt! Sein Offizier hatte recht! Genau dies schien ihm der Grund für sein eigenes Unbehagen zu sein. Hier stimmte einiges nicht.

Für einen Augenblick kam ihm der unerklärliche Gesichtsausdruck des Sterbenden vom Gehöft, unten am Eingang zur Klamm gelegen, in den Sinn. Schmerz, Angst, Wut und ein kaum verhohlener Triumph! Als ob der so Einiges wüsste, was für sie zur Gefahr werden konnte. Was hatte der Mann verschwiegen? Mist! Möglicherweise hätten sie nicht gleich alle erschießen sollen?

Das Dorf vor ihnen lag ruhig da, zu ruhig! Auf einem Friedhof ging es lebhafter her. Kein Laut ließ sich vernehmen. Allerdings nicht verwunderlich bei dem immer dichter fallenden, jedes Geräusch dämpfenden Schnee.

Im nächsten Moment horchten sie auf. Kirchenglocken!

Fünf weithin hallende Schläge, als schwaches Echo von den Talwänden zurückgeworfen. Erleichtert sahen sie sich an. Wo eine Glocke erklang, befanden sich auch Menschen. Und genau zu denen wollten sie ja.

»Abmarsch in Kampfformation Richtung Kirche! Achtet auf die Häuser zu beiden Seiten! Los!«

Lautlos schwärmten die Männer aus.

*

Keine zehn Minuten später trafen sie sich wenige Meter vor der Kirchentür. Ratlos sahen sie sich an. Nirgends fanden sie auch nur den Hauch einer Spur von einem der Bewohner. Steckten die etwa alle in der Kirche?

»Karl! Egon! Zwei Leuchtfackeln! Wir stürmen den Bau! Ihr folgt nach! Sichert sofort die Flanken!«

Sobald die Fackeln aufleuchteten, trat er heftig gegen die überraschend leicht aufschwingende Tür.

Umgehend sich fallen lassend, das Gewehr feuerbereit im Anschlag, suchte er sein Ziel. Vergebens! Da existierte nichts, wenn er von dem mehrere Zentimeter hohen, trockenen Staub, in dem er lag absah.

Die beiden Lichter durchdrangen kaum das Dunkel. Eines wurde im sofort klar: Sie wurden hereingelegt! Außer ihnen und dem Glöckner lebte niemand in diesem Dorf. Es war längst verlassen!

Misstrauisch erhob er sich. Seine Männer entzündeten weitere Fackeln. Vor dem ansonsten leeren Altar stand ein metallener Kerzenständer mit bis zur Hälfte abgebrannten Wachskerzen. Sie zündeten diese umgehend an. Beim kurzem Absuchen der überraschend geräumigen Kirche fanden sie noch mehr Kerzen auf kleinen Wandhalterungen. Als auch diese brannten, stellten sie fest, dass sie in der Tat alleine in dem Gotteshaus standen. Verdammt! Hier konnten sie auf Dauer nicht bleiben. Außerdem war es auf dem Steinboden lausig kalt.

»Ihr beiden! Geht zusammen zu den Häusern und untersucht sie! Trennt euch bei dem Wetter auf keinen Fall! Und verirrt euch nicht! Wir brauchen eine Unterkunft, in der zumindest ein brauchbarer Holzvorrat vorhanden ist, damit wir heizen können. Wenn ihr Lebensmittel findet, gut, wenn nicht, werden wir morgen früh eben auf die Jagd gehen. Zuerst benötigen wir Ruhe und Schlaf. Beim Tageslicht sehen wir weiter!«

Seine Männer nickten und huschten hinaus. Drei Schritte später verschluckte sie der Schnee. Für immer. Niemand sah sie jemals wieder.

Verflucht! Das Wetter artete mehr und mehr zu einem Sturm aus. Wenn sie Pech hatten, waren sie bald meterhoch eingeschneit. Fluchend schloss er die Tür. Selbst wenn sich nicht viel änderte, wehte es ihnen wenigstens die Kirche nicht mit dem nassen, weißen Zeugs voll.

»Los! Zerhackt die Bänke! Wir werden zuerst ein ordentliches Feuer machen, bevor uns was abfriert!«

Eifrig hackten sie das dunkle, schwarz gebeizte Holz klein. Als die erste Flamme brannte, zwar recht mickrig und dazu übel riechend, fiel seinem Leutnant die Frage ein:

»Sag mal, Kurt! Wer hat denn vorhin die Glocke geläutet?«

Verdattert sah er seinen Leutnant an. Das mit der Glocke hatte er total vergessen. Der dritte Mann im Bunde zeigte mit dem Daumen gleichmütig über die Schulter:

»Weiter hinten ist eine Tür. Sicherlich geht's dort zum Turmaufgang oder zu einer Sakristei! Soll ich nachsehen?«

»Ja, aber wir gehen mit! Sicher ist sicher!«

Da die Tür verschlossen war, traten sie diese kurzerhand ein. Das morsche Holz zerbrach und gab den Blick in einen kleinen Raum frei. Auf einer Bank erschienen die Umrisse einer in eine Mönchskutte gehüllte Gestalt, welche ein kräftiges Seil, zweifelsohne das Glockenseil, in der Hand hielt.

»He, du! Komm raus! Lass dich genauer ansehen!«

Vier Gewehre waren auf den Mann, sie nahmen an, dass es ein Mann war, gerichtet. Der rührte sich nicht. Der Leutnant schritt durch die Tür, die Fackel hocherhoben und leuchtete den winzigen Raum aus. Aschfahl kam er zurück.

»Ein Skelett! Garantiert seit vielen Jahren tot!«

Furchtsam sah er sich um:

»Wer zum Teufel hat aber vorhin geläutet?«

Eiseskalt lief es allen bei der Frage über den Rücken. Zum ersten Male in ihrem Leben ergriff sie die Angst, verspürten sie eine immer höher kriechende, grauenhafte Furcht.

»Raus! Schnell raus hier!«

Dafür war es längst zu spät. Der Eingang war zugeweht, sie waren gefangen.

»Zurück zum Feuer! Wir werden es die Nacht über brennen lassen und abwechselnd wachen! Morgen früh sehen wir weiter! Notfalls werden wir uns durch den verdammten Schnee graben, selbst wenn wir es dabei mit dem Teufel aufnehmen müssten! Georg, du übernimmst die erste Wache!«

*

Erschrocken fuhren sie hoch.

Die Glocke!

Langsam, Schlag um Schlag, in dem kleinen Kirchenschiff nahezu überlaut ertönend. Verstört sah er auf seine Uhr. Mitternacht!

Sie zählten leise mit: ... acht ...neun ... zehn ...

Beim zwölften Ton löschte ein eisiger Windstoss - wo kam der denn her? - das Feuer. In der tiefschwarzen Dunkelheit konnten sie nichts mehr sehen.

Ein rotes Feuer glomm in einer Ecke auf. Voller Angst und Wut zugleich, schossen sie in den undeutlich zu erkennenden Lichtschein. Vier peitschende Schüsse, ein Schuss pro Mann, zu mehr kamen sie nicht. Mit furchtbarer Gewalt wurden ihnen die Waffen aus den Händen gerissen. Vier entsetzliche, grauenhafte Schreie ...

Stille senkte sich auf die kleine Kirche herab. Der tobende, heulende Schneesturm legte sich. Friedlich lag das Dorf unter einer weißen, schützenden Decke.

Im ersten Morgengrauen ertönte die Glocke erneut.

Sechs kräftige, weithin hallende Schläge. Sechs gerichtete und ihrer Strafe zugeführte gnadenlose Mörder und Schlächter.

Das Skelett am Glockenseil sah sehr zufrieden drein, als es breit grinsend sechs Mal die Totenglocke läutete!

*

Madame Madeleine de Brion langweilte sich.

Nichts Neues, denn das tat sie neuerdings immer öfters. Sie besaß alles, was sich normale Sterbliche wünschten. Einen hervorragend verdienenden Mann - inzwischen mehrfacher Millionär -, welcher überaus großzügig war. Eine stellte ihr ein riesige Villa mit allem Drum und Dran in einem noblen Münchner Vorort zur alleinigen Verfügung. Zudem ein Chalet in der Schweiz, dazu mehrere Fahrzeuge, darunter eine Limousine der Oberklasse, und, wenn sie wollte, mit eigenem Chauffeur. Ein sündhaft teurer Sportwagen stand ebenfalls bereit. Diesen benutzte sie als Mitglied der Münchner Schickeria besonders oft. Sehen und gesehen werden!

Da sie eine gut aussehend Frau war, brünett, Mitte der Vierzig, erregte sie in der Männerwelt durchaus einiges Aufsehen. Was zu zahlreichen mehr oder weniger diskreten Amouren führte.

Als ein wohlmeinender Freund ihrem Mann davon berichtete, lächelte dieser kühl und meinte:

»Lieber mit dreißig Prozent an einer guten Sache beteiligt, als mit hundert Prozent an einer schlechten!«

Seine Antwort sprach sich schnell herum und Madame pflegte weiterhin ungestört und in aller Ruhe ihre Liebschaften.

Einem noch recht unerfahrenen Paparazzo gelang es, von einem derartigen Fall ausgezeichnete Fotos zu schießen. Die Dame und ihr geschniegelter Liebhaber. Das würde das Geschäft seines Lebens werden!

Als Monsieur de Brion, seine adligen Vorfahren stammten aus Frankreich, ein paar Abzüge samt Geldforderung erhielt, runzelte er bloß leicht verärgert die Stirn. Nichts gegen die Affären seiner Frau, aber musste sie sich dabei ablichten lassen?

»Paul!«

Ein Ruf und sein Hausdiener, Leibwächter sowie zugleich sein Vertrauter, trat hinzu.

»Bitte erledige das!«, wobei er diesem den Umschlag reiche. Mehr gab es dazu nicht zu sagen. Jedenfalls erhielt der Erpresser noch in der selbigen Nacht Besuch von drei maskierten, sich äußerst unfreundlich benehmenden Männern. Nach der ersten Runde Prügel beeilte er sich, schnellstens die Bilder samt seiner Speicherkarte zu übergeben. Die Männer grunzten zufrieden. Danach sammelten sie seine Kameras, seinen Laptop und seinen Arbeitscomputer ein, rissen das Modem von der Wand und verstauten alles in einem festen Sack. Natürlich sicherte er die Dateien frühzeitig auf seinem Computer. Jedoch reichte dies bei Weitem nicht aus, wenn man ihm das Gerät wegnahm.

Anschließend erhielt er noch eine eindringliche Mahnung, in Zukunft die Finger von Erpressungen zu lassen.

Immerhin waren sie so nett, von seinem Handy aus, welches sie danach ebenfalls mitnahmen, für ihn einen Krankenwagen zu bestellen. Nachdem er drei Wochen gelegen hatte, war er vom Beruf des Paparazzo gründlich geheilt. Nur ein paar Knochenbrüche - wirklich ganz harmlos, diese würden zufrieden stellend ausheilen -, eine Nierenquetschung, eine schwere Gehirnerschütterung, zwei blaue Augen und noch ein paar sonstige Lappalien. Nichts Besonderes.

Was die Fragen der Polizei anbetraf, er erinnerte sich kaum mehr an den Vorfall. Zwei oder drei maskierte Männer schienen es gewesen zu sein, genau konnte er das indessen nicht mehr sagen. Eine kräftige Amnesie durch den Schlag auf den Kopf? Warum sie ihn besuchten? Keine Ahnung, er hielt sich immer streng an alle Vorschriften, legte sich mit niemandem an und übertrat keinerlei Gesetze. Nein, er vermochte sich den Grund des Überfalls überhaupt nicht zu erklären.

Bestimmt nur ein vollkommen alltäglicher Raub. Seine Kameras und die Computer wurden gestohlen und dazu noch ein paar unwichtige Dinge. Eine Anzeige gegen Unbekannt? Gerne! Wenn es die Polizei und vor allem die Versicherungen so wollten.

Da die Nachbarn weder etwas sahen noch hörten, wurde der Fall alsbald zu den Akten gelegt. Trotzdem kursierten anschließend einige seltsame Gerüchte und die Papparazzi schlugen seitdem um die Familie de Brion einen weiten Bogen. Durchaus zur Freude von Madame.

Da gerade keiner ihrer Liebhaber zur Hand war, ihr Mann befand sich wegen irgendwelcher Geschäfte im Ausland, entschloss sie sich zu einem gemütlichen Bummel in Ulm. Sie mochte diese Donaustadt. Schnell sah sie ein, dass es keine gute Idee war, alleine durch Ulm zu streifen. Furchtbar langweilig! Als sie in der Altstadt an einem schmalen Gässchen vorbeikam, verließ sie die Hauptstraße und schritt neugierig hinein. Sie hatte nicht erwartet, inmitten dieser durchaus modernen Stadt einen derart altertümlichen Winkel anzutreffen. Kleine winzige Läden, eine Bäckerei, eine Schneiderei, ein Blumenladen, eine Bücherei und ...

Plötzlich stand sie vor einem Schaufenster. Sieh mal einer an! Ein Shop mit lauter esoterischem Zeugs. Getrocknete Kräuter, Masken, alte Bücher und allerlei Krimskrams. Viele Schalen und Gläser, gefüllt mit unbekannten, farbig schillernden Flüssigkeiten. Faszinierend!

Sie erinnerte sich, dass sich zwei ihrer Freundinnen mit Magie, Hexerei und sonstigen übersinnlichen Dingen beschäftigten. Leider konnte sie in den letzten Monaten kaum Zeit für diese aufbringen. Schade. Schließlich handelte es sich um ein interessantes, dennoch harmloses Hobby. Heiltränke und Liebeszauber und all den Quatsch. Sie benötigte einen derartigen Zauber nicht. Wenn sie auf der Jagd war, genügte ein tiefer Ausschnitt, ein kurzer und enger Rock sowie ein verführerisches Gleiten ihrer feuchten rosa Zunge über blutrot geschminkte Lippen. Kaum einer vermochte ihr danach zu widerstehen. Männer! Eh einer wie der andere. Ihr war's egal, Hauptsache potent. Einzig Größe und Ausdauer bedeuteten etwas! Und falls einer nicht die erwartete Leistung erbrachte? Der Nächste bitte!

Kurz entschlossen trat sie ein. Ob sie für ihre Freundinnen einige nette Mitbringsel ergattern würde?

Eine melodische Klingel ertönte bei ihrem Eintritt. Im Hintergrund des Raumes war ein leises Schlurfen zu vernehmen. Ein leicht gebückt gehender Mann, welcher sein rechtes Bein ein wenig nachzog. Was nicht gerade für die Wirksamkeit seiner Heil- und Zaubertränke sprach. Danach sah sie das Gesicht des Mannes und staunte.

Er mochte Mitte der Vierzig sein. Um seine hohe, breite Stirn rollten sich tiefschwarze Locken, die hinten bis auf die Schulter niederwallten. Ein durchaus prächtiges Haar. Die ausdrucksvollen, nachtdunklen Augen besaßen jenen mandelförmigen Schnitt, den die Natur überwiegend für die Schönheiten des Orients vorsah. Die Nase war etwas gebogen und nicht zu scharf, die zitternde Bewegung ihrer hellrosa gefärbten Flügel ließ auf ein kräftiges Temperament schließen. Der Mund glich beinahe einem Frauenmunde, war dabei dennoch nicht weibisch oder weichlich geformt. Leicht abwärts verlaufende Spitzen desselben deuteten vielmehr auf einen energischen Willen hin. Das Kinn war zart und kräftig zugleich gebaut, wie man es einzig bei

Personen findet, deren Geist den tierischen Trieben überlegen ist und sie so vollständig zu beherrschen vermag, dass andere das Vorhandensein derselben gar nicht ahnen. Jeder einzelne Teil dieses Kopfes, dieses Gesichtes war schön zu nennen, gleichwohl nur schön und vollkommen für sich allein gestellt, denn in ihrer Gesamtheit fehlte diesen Teilen die Harmonie. Wo hingegen die Harmonie fehlt, da kann von Schönheit nicht die Rede sein.

Madame Madeleine de Brion fühlte sich einerseits fasziniert angezogen und im nächsten Augenblick zugleich wiederum abgestoßen. Die Vereinigung einzelner schöner Formen zu einem Ganzen, dem der Ein- oder Gleichklang fehlte, machte auf sie kurz den Eindruck des Widerwärtigen, der Hässlichkeit. Sehr kurz allerdings.

Je öfter sie den Mann ansah, desto zwiespältiger wurden ihre Gefühle. Was dieser durchaus zu bemerken schien, wie ihr das dünne, wissende Lächeln, welches kaum merklich um seine Lippen spielte, bewies.

Angelegentlich sah sie sich im Laden um, betrachtete die frei stehenden Regale, blickte in die Vitrinen, ohne im Geringsten zu erfassen, was sie sah. Der Mann kam näher.

»Guten Tag Madame! Kann ich Ihnen behilflich sein?«

Verhältnismäßig dicht trat er an sie heran. Ein seltsamer, animalischer, betörender Duft ging von ihm aus, unterlegt von einem Hauch von Schwefel. Seine Stimme, weich, sanft und verführerisch.

Wenn sie an ihre steigende Erregung dachte, konnte ihr der Mann durchaus weiterhelfen, ihr jäh aufflammendes Verlangen stillen.

Aber der Schein musste gewahrt werden. Scheinbar gelassen und leichthin meinte sie:

»Ich habe zwei gute Freundinnen, die sich intensiv mit Esoterik befassen. Ich suche für diese ein nettes Mitbringsel. Es darf ruhig ein wenig ausgefallen oder ungewöhnlich sein!«

Der Mann nickte verstehend und schlug ihr passende Geschenke vor. Dass er dabei mehrfach ihre Hände berührte, schien reiner Zufall zu sein. Dennoch durchfuhr sie jedes Mal ein wollüstiger Schauer, sodass sie kaum mehr auf die angebotenen Gegenstände achtete.

Unversehens fiel ihr Blick auf ein unscheinbares Buch in einem seitlich aufgestellten Regal, nicht besonders werbewirksam ausgelegt. Als sie danach greifen wollte, hielt sie der Mann am Arm zurück und bemerkte in besorgtem Tonfall:

»Die ist kaum etwas für Ihre Hobby-Hexen! Finstere, schwarze Magie! Sie sollten die Finger davon lassen!«

Was sie dazu aufstachelte, das Buch jetzt erst recht zu erstehen.

Bewusst aufreizend drehte sie sich zu dem Mann hin.

»Vielleicht könnten wir uns darüber ausführlicher unterhalten? In Ihrem Hinterzimmer beispielsweise?«

Nach einem langen, abschätzenden Blick, sie ungeniert von oben bis unten und zurück musternd, sekundenlang tief in ihren freizügigen Ausschnitt sehend, willigte er ein:

»Nun, ich könnte eventuell abschließen und das Schild ›Vorübergehend geschlossen‹ in die Tür hängen?«

Die Nähe des Mannes, sein intensiv prüfender Blick, brachte sie unerwartet durcheinander. Sie nickte bejahend und begab sich in Richtung Hinterzimmer. Im Nu hatte der Mann abgeschlossen, das Schild aufgehängt und war sogleich neben ihr, sie galant am Arm führend. Willig folgte sie ihm.

*

Als sie viel später den Laden verließ, hielt sie das begehrte Buch krampfhaft fest.

Was für eine höllisch scharfe Nummer! Sie kam sich vor, als ob ein brennender Pfahl ihren Unterleib durchbohrt hatte. Der Mann nahm sie von vorne und von hinten hart heran, dabei keinen Eingang auslassend, was bedeutete, dass im Nachhinein beide Pforten teuflisch schmerzten. Kaum, dass sie hinlänglich geradeaus laufen konnte!

So gewaltig hatte sie sich das Gemächt des eher unscheinbar aussehenden Mannes nicht vorgestellt. Schwanzgröße XXL! Mindestens! Hart und höllisch ausdauernd! Derart bestückt und unermüdlich war keiner ihrer bisherigen Liebhaber zu Werke gegangen. Weicheier allesamt!

Ihre Brüste ...

Bisher wurden diese nie dermaßen intensiv, geradezu brutal, durchgeknetet. Höchstwahrscheinlich bestand ihr Busen überwiegend aus blauen Flecken. Sie war sich zudem nicht sicher, ob ihre Brustwarzen noch vorhanden waren. Keiner ihrer

Gespielen wagte es bisher, sie in dieser fordernder Art zu saugen! Wie ein brünstiger Riesenhirsch - zumindest kam es ihr so vor - fiel der Mann, einem wilden, in Hitze geratenen Tier gleichend, über sie her. Lust und Schmerz ...

Gewaltige Hitzewellen durchströmten sie immer zum wiederholten Male, ein Orgasmus löste den anderen ab. Fantastisch, der helle Wahnsinn!

Als der Mann beinahe fertig war, steckte er ihr ohne Federlesen sein Glied tief in den Schlund und bewegte sich langsam rein und raus. Nicht dass ihr dieses neu war. Jedoch nicht in solchem Umfang! Dennoch verwöhnte sie ihn sofort gekonnt mit der Zunge, soweit sie dazu in der Lage war. Sie wusste, was Männer mochten. Als er endlich abspritzte, verschluckte sie sich fast daran. Diese Menge an männlichen Säften kam völlig unerwartet.

Ihr war klar, dass sie einen schrecklichen Fehler begangen hatte. Nach diesem beinahe satanischen Akt würde jeder weitere Liebhaber blass aussehen und kaum mehr in der Lage sein, sie zu befriedigen. Auch ihr Ehemann nicht. Immerhin konnte sie den, wenigstens ab und an, leicht ertragen. Schließlich kam von ihm das Geld für ihren aufwändigen Lebensstil. Zudem sah er großzügig über so manches hinweg. Sich dafür die paarmal im Monat auf den Rücken zu legen, die Beine zu spreizen und ihn zehn Minuten werkeln zu lassen, schien ihr ein geringer Preis zu sein. Den zahlte sie für ein Leben in Luxus gerne.

Nach einiger Zeit fiel ihr das Gehen leichter, wobei sie schmerzhaft verspürte, dass bei ihr so verschiedenes wundgescheuert war. Trotzdem!

Demnächst musste sie dringend erneut in dem kleinen Laden einkaufen.

Und schnellstens ab ins Hinterzimmer zum ...!

Sie hätte sich sehr gewundert, wenn sie zurückgeschaut hätte. Der Esoterikladen war verschwunden. An seiner Stelle befand sich, wie bereits seit vielen Jahren, ein seriöses Reisebüro.

Der unheimliche Ladeninhaber wusste genau, dass sie nie mehr in diese Gasse kam. Dennoch würde er sie bald noch einmal sehen. Zusammen mit ihren Freundinnen! Und danach war Erntezeit! Er kannte die Frauen! Seit Eva und dem dämlichen Apfel studierte er diese genauestens. Und anschließend hatte er stets ausreichend verführte Teufelsbuhlen sein eigen genannt!

*

Wenige Jahre nach dem ersten Weltkrieg, der Friede war eingekehrt, stieg ein Förster, als Vertreter des Forstamtes, zusammen mit ein paar Holzfällern die Klamm hoch. Sie beabsichtigten die derzeitige Beschaffenheit des Weges aufzunehmen.

Die Forstverwaltung plante die Zufahrt zum Hochtal wieder herzustellen und bei dieser Gelegenheit nach der längst verlassenen Siedlung oberhalb der Schlucht zu sehen. Sicherlich könnten sie dort einen kleinen Stützpunkt, eine feste Blockhütte beispielsweise, für das Forstamt einrichten.

In diesem Sägen und Maschinen unterstellen, Holz lagern, um die Forstwirtschaft in dem verwilderten, jahrelang nicht kultivierten, vernachlässigten Gebiet erneut aufzunehmen. Alsbald stellte sich heraus, dass dies ein nicht gerade leichtes Unterfangen bedeutete. Umgestürzte Bäume, wucherndes Gestrüpp und von dem wild und ungezügelt durch die Klamm tosenden Bach hinweggespülte Wegstücke hielten sie auf. Kaum fünfhundert Meter weit kamen sie und der Tag neigte sich bereits seinem Ende zu.

Hier half nur eines: Ab morgen mit zusätzlichen Waldarbeitern anrücken und den Weg teilweise neu anlegen sowie gleichzeitig mit festen Faschinen sichern! Immerhin war der frühere Zugang breit genug gewesen, sodass von Pferden gezogene Fuhrwerke ihn ohne Schwierigkeiten befahren konnten. Heute musste die Strecke jedoch für schwere Traktoren mit Anhängern für Langholz geeignet sein.

Während die Arbeiter zurückblieben, stieg der Forstbeamte mit zwei Mann die Klamm hoch, ohne sich um den Zustand des Weges zu kümmern. Er wollte endlich sehen, was sie am Ende des Engpasses erwartete.

Plötzlich brach der Weg jäh ab und sie kamen nicht mehr weiter. Vor ihnen verengte sich die Schlucht auf kaum fünf Meter Breite, beidseitig flankiert von steil aufragenden Felsen, zwischen denen weiß schäumendes Wasser rauschend zu Tal stürzte. Verblüfft standen sie an der Kante, bis sie entdeckten, dass sich der ehemalige Weg zurückwandte. Links, seitlich hinter ihnen, führte dieser weiter. Sie bemerkten es nicht gleich, denn im Laufe der Jahre verschwand die einst angelegte Kehre im Bach. Kein Problem! Ein paar Meter durch das dichte Gestrüpp und der Weg, genauso überwuchert wie bisher, verlief unverkennbar den Hang entlang nach oben.

Mehrere schweißtreibende Stunden später standen sie auf einer kleinen Anhöhe oberhalb der Felsen, welche den oberen Beginn der Schlucht darstellten. Das Tal lag offen vor ihren Augen.

Wie zu erwarten: Alles total verwildert und zugewachsen. Einzig die Kirche war gut zu erkennen, indessen die einstigen Häuser mehr oder weniger im Grün verschwanden. Dort, wo die früher sicherlich recht kargen Felder und Wiesen angelegt waren, wuchs jetzt niedriges Gebüsch und Unkraut. Die Wälder sahen verfilzt aus, durch umgestürzte Bäume und Wildwuchs nicht besonders einladend wirkend. Der Forstbeamte seufzte. All dies in einen relativ vernünftigen Zustand zu versetzen, würde einiges an Zeit in Anspruch nehmen und viele Mühen erfordern. Wenn das Forstamt es jedoch wollte ...

Arbeitskräfte gab es mehr als genug!

»Wir bahnen uns einen Pfad zur Kirche!«, ordnete der Förster an. »Los!«

Es war nicht allzu schwer, das Unterholz war verhältnismäßig licht, die Bäumchen, vor allem Birken, einige Erlen und Haselsträucher, kaum mannshoch.

Fette Hasen und schlanke Rehe staunten sie ohne Scheu an, ein Zeichen, dass hier seit Langem keine Menschen mehr verkehrten. Eines der Tiere auf dem Rückweg erlegt und sie würden heute Abend einen schönen Hasen- oder gar Rehbraten verspeisen. Erfreulich!

Die Kirchentür war geschlossen, die Treppen von Laub und Unrat bedeckt, auf dem allerlei Kräuter wuchsen. Einer der Männer legte die oberste Stufe mit der Hacke frei. Ein kräftiger Druck auf die Klinke und die Tür öffnete sich quietschend nach innen. Sie waren verblüfft, denn sie hatten damit gerechnet, dass diese nach außen aufschwingen würde.

Fahles Dämmerlicht herrschte im Innenraum und gab den Blick auf jede Menge Unrat frei. Angewehtes Laub, verwirbelte Asche von den Resten eines Feuers, das sich jemand aus einigen der einst garantiert in größerer Anzahl vorhandenen Holzbänken angezündet hatte, sowie herumliegende, stumpf gewordene Glasscherben. Die Kirchenfenster waren längst gesplittert und hinterließen ausgefranste Löcher in der Mauer. Über all dem Schmutz lag ein scharfer Gestank.

Ratten! Alles voller Rattenkot! Wie eklig!

Einer der Männer wagte sich tiefer in das Gebäude und warf durch eine geborstene Tür einen Blick in die frühere Sakristei unter dem Turm.

Erschrocken rief er die anderen zu sich:

»Kommt alle schnell her! Hier ist noch einer!«

Im ersten Moment waren sie zutiefst bestürzt. Danach erkannten sie, wer, oder genauer was, von der mottenzerfressenen Kutte umhüllt wurde.

»Der Glöckner!«, meinte der Förster leise, die eingetretene, achtungsvolle Stille unterbrechend. »Er sitzt schon lange hier! Lassen wir ihn einstweilen an seinem Platz! Er hat bisher ohne Schaden hier gesessen, sodass wir ihn ruhig weiterhin sitzen lassen, bis wir ihm demnächst ein christliches Begräbnis geben können. Er wäre sicherlich nicht erfreut, grundlos herumgeschubst zu werden! Beten wir für seine arme Seele!«

Ein Gebet und eine kleine Rede:

»... hat dieser Mann seine Pflicht in vorbildlicher Treue bis in den Tod erfüllt! Gedenken wir seiner in Hochachtung und wünschen wir ihm alles Gute in der Ewigkeit! Amen!«

»Amen!«, murmelten die andächtig mit gefalteten Händen vor der Sakristei wartenden Männer, ehe sie sich abwandten. Als sie das Tal verließen, schwieg die Glocke. Es gab keinen Grund, sie zu läuten.

Ein zufriedenes, verträumtes Lächeln schien flüchtig über das Gesicht des Skeletts zu huschen.

Es fand es rücksichtsvoll von den Besuchern, seine Totenruhe nicht zu stören. Und das Lob mit der Treue gefiel ihm auch. Wenn die Männer geahnt hätten, wie lange er bereits Wache hielt! Bloß die Sache mit dem christlichen Begräbnis bereitete ihm ein wenig Sorgen. Hoffentlich begruben sie ihn in unmittelbarer Nähe der Kirche. Schließlich wollte er weiterhin pünktlich seinen verantwortungsvollen Dienst versehen, bis dereinst der Fluch gebrochen würde. Und das konnte noch viele Jahre, Jahrzehnte oder Jahrhunderte dauern! Denn niemand der heute lebenden Menschen wusste um diese Verwünschung!

Höchstens ein paar Hexen. Und natürlich sein Auftraggeber, der Fürst der Verdammnis!

Es versuchte, sich zu erinnern ...

*

Achtzehnhundertsiebzig! Oder war es eher Einundsiebzig gewesen?

Wirklich, sein Gedächtnis ließ durchaus zu wünschen übrig!

Sein Name war Berthold. Sein Nachname? Den hatte er vergessen. Alle hatten sie ihn stets nur Berthold gerufen.

Alle? Na, ja, so viele waren es nicht. Nur fünf Familien wohnten hier oben, mehr konnte das karge Tal nicht ernähren. Immerhin schafften sie es im Laufe der Zeit, allerdings mit erheblichen Spenden sowie mit tatkräftiger Hilfe von außerhalb, eine winzige Kirche zu errichten. Der Marienfigur auf dem Altar wurden nach kurzer Zeit Wunderkräfte nachgesagt, wodurch viele Frauen, vor allem solche mit einem bisher unerfüllten Kinderwunsch, in ihr Dorf wallfahrten.

Der Namen des Dorfes? Genau genommen war es kein Dorf, dafür war es zu klein. Eine Ansiedlung, einzig aus der Kirche und ein paar Häusern bestehend. In der näheren Umgebung war es nur als ›Das Dorf‹ bekannt.

Er selbst war nichts als ein einfaches Faktotum, ein männliches ›Mädchen für Alles‹. Kirchendiener, Glöckner, Friedhofsgärtner, Erntehelfer und Ziegenhirte zum Beispiel. Überall half er aus, wo Hilfe gebraucht wurde. Als Gegenleistung versorgten ihn die Dorfbewohner mit Essen und Kleidung. Einer der Bauern ließ ihn, wenn es schlechtes Wetter oder kalt war, in seinem Anbau nächtigen. Auch sonst gab es keine Schwierigkeiten. An den Kachelöfen in den Wohnstuben war er immer willkommen. Allerdings bevorzugte er einen ganz bestimmten Heuschober. Dieser galt als Geheimadresse für manch kinderlose Frau. Selbstverständlich half Berthold in einem derartigen Fall bereitwillig aus, was ihm viele blinkende Münzen einbrachte. Wirklich, er war mit seinem Leben rundum zufrieden.

Niemand jagte ihn weg oder schimpfte hinter ihm her. Schwach erinnerte er sich, dass es früher anders war. Irgendwo im Rheintal, in einer Kleinstadt. Unwichtig! Vergangenheit!

Plötzlich machten beunruhigende Gerüchte die Runde: Es würde bald Krieg geben! Zwischen den deutschen Kleinstaaten unter der Führung Preußens, gegen Frankreich unter Napoleon dem III. Die Anwohner nahmen's achselzuckend zur Kenntnis. Nicht ihre Angelegenheit!

Bis ein versprengter französischer Trupp in der Abenddämmerung ihre Ansiedlung stürmte, Männer und Knaben gnadenlos und ohne Grund massakrierte, anschließend die Mädchen und Frauen vergewaltigte und diese hernach ebenfalls umbrachte.

Entsetzt verfolgte Berthold, im Schatten der Kirchentür stehend, das Gemetzel. Hier konnte er nichts mehr tun. Hastig stürzte er zur Sakristei. Er musste Alarm läuten, auf ihre Lage aufmerksam machen, die Umgebung warnen!

Nach dem ersten Glockenschlag rasten die Mörder in die Kirche, eilten wutschnaubend auf ihn zu. Er wusste, dass sein Ende nahte, doch er gab nicht auf. Trotzig erhob er die Rechte zum Schwur:

»Ich schwöre, dass ich meine Freunde rächen werde, und wenn ich dafür meine Seele verpfänden und dem Teufel dienen müsste! Verflucht sollt ihr sein! Die Pforten der Hölle sollen sich öffnen, auf dass ihr ...!«

Was geschah denn jetzt? Berthold sah erstaunt drein. Die auf ihn eindringenden Feinde standen erstarrt, wie versteinert, wenige Meter von ihm entfernt. Kein Laut war zu vernehmen. Vor der Sakristei erglühte ein roter Lichtschein, aus dem ein vornehm aussehender Mann trat.

»Ich vernahm deinen Schwur, Berthold! Wenn du einverstanden bist, deinen Dienst bei mir sofort anzutreten - ich suche dringend einen Glöckner! -, brauchst du nur diesen Vertrag zu unterzeichnen!«

Berthold erkannte den Mann umgehend. Eingedenk seines soeben ausgesprochen Schwurs war er gerne bereit, den Vertrag zu unterzeichnen. Allerdings wollte er ihn zuerst durchlesen. Zwar war er im Lesen nicht besonders geübt. Unwichtig! Für seine Zwecke war es bisher ausreichend. Auch wenn er ungebildet war, vieles nicht kannte, dumm war er deshalb noch lange nicht.

Als er seinen Wunsch höflich vorbrachte, nickte sein Gegenüber zustimmend.

»Lass' dir so viel Zeit wie Du brauchst Zeit, Berthold! Sie wird für dich so lange angehalten, wie du möchtest!«

Berthold setzte sich auf die kleine Bank in der Sakristei - er wunderte sich einen Augenblick lang, wie sich der Teufel an diesem geweihten Ort dermaßen frei bewegen konnte - und las dann aufmerksam das Dokument durch.

Schau mal einer an! Ein hochwirksamer Fluch sollte über das Tal gelegt werden! Und er musste mithelfen, diesen zu erfüllen. Im Kleingedruckten stand auch, wie dieser gebrochen werden konnte. Darauf würde mit Sicherheit von sich aus kaum jemand kommen. Interessant! Ein paar kleine Änderungswünsche seinerseits, ein gewisse Absicherung in ein paar unwesentlichen aber ihm wichtigen Punkten musste sein - kein Problem, die Buchstaben auf dem Pergament bewegten sich tanzend und fügten sich zu den neu gewünschten Sätzen zusammen - und er war zur Unterzeichnung bereit. Der Mann zog eine spitze Feder hervor und ergriff Bertholds Unterarm.

»Du weißt sicherlich«, meinte er entschuldigend, »dass ich einzig mit Blut unterschriebene Abmachungen annehme, oder?«

Nun, damit hatte Berthold gerechnet, schließlich wusste jedermann, wie sein Gegenüber in solchen Fällen zu verfahren pflegte.

»Ich muss dich vorher noch einmal daran erinnern, Berthold, dass du versprachst, deinen Dienst umgehend anzutreten!«

Ja, ja, die Erinnerung war in der Tat unnötig! Ungeduldig setzte er seinen Vornamen unter den Vertrag und siegelte diesen zusätzlich mit seinem blutigen Daumenabdruck.

Im gleichen Augenblick verschwand der Teufel und die Mörder drangen auf ihn ein. Zu seiner maßlosen Verblüffung blieben sie wie vom Donner gerührt stehen, sahen verstört drein und stürzten, als ob der Leibhaftige hinter ihnen her wäre, aus der Kirche. Berthold sah das nicht mehr, denn einer der Männer schlug die Türe zur Sakristei hinter sich zu. Er konnte sich deshalb nicht erklären, was geschehen war.

So bekam er nicht mit, dass die Franzosen angesichts eines Mannes, welcher vor Sekunden noch quicklebendig auf einer Bank saß, vor ihren Augen zu einem in eine dunkle Mönchskutte gehüllten Skelett wurde, in heller Panik flohen. Er sah auch nicht, wie sich das Tal in einen dichten Nebel hüllte, in dem sich die Mörder, in rasenden Wahnsinn verfallend, gegenseitig umbrachten.

Angetan mit seiner neuen Dienstkleidung, läutete Berthold erstmalig um Mitternacht die Glocke. Zwölf Mal!

Und im Morgengrauen - hier sah sein Vertrag für besondere Anlässe zeitliche Ausnahmen zu - siebzehn Mal, genau so viele Schläge, wie gerichtete und dem Teufel anheim gefallene Seelen in dieser Nacht im Tal zur Hölle fuhren!

*

Fünf Tage später kamen mehrere Männer das Tal hoch, um nach den Menschen der Siedlung zu sehen.

Der Wildbach hatte die Leichen von siebzehn französischen Soldaten angeschwemmt, welche grauenhaft zugerichtet am Wehr oberhalb ihres Dorfes angetrieben wurden. Ohne langes Zögern, niemand sollte davon erfahren oder gar diese rächen wollen - der deutsch-französische Krieg war noch nicht vorbei, auch wenn sich sein baldiges Ende abzeichnete -, wurden die Toten eilends auf dem Schindanger verscharrt. Dort würde sie keiner suchen. Dass sie allerdings am Tage des jüngsten Gerichts, der Nacht ohne Morgen, die Trompete - oder war es eine Posaune? - hören würden, welche die Toten dereinst wiedererweckte, hielten die Dörfler für eher unwahrscheinlich. Nicht wenn deren Knochen weiterhin zwischen denen der Tierkadaver verstreut waren!

Als sie die Klamm überwunden hatten und auf die Kirche und die wenigen Häuser blickten, beschlich sie ein ungutes Gefühl. Was sich schnell als zutreffend erwies, als sie all die gemordeten Kinder, Frauen und Männer sahen.

Hierzu kam eine seltsame Bedrücktheit. Kein Wind schien das Tal zu durchstreifen, kein Vogelgesang war zu vernehmen. Nur eine bleierne, eigenartige Stille. Wie wenn die Zeit stillstünde!

Den Männern graute. In den umliegenden Gebäuden fanden sie Hacken und Schaufeln, um auf dem kleinen Gottesacker mehrere Gräber auszuheben. Da sie die Menschen persönlich kannten, legten sie diese familienweise zusammen in je ein Grab.

Leise flüsternd unterhielten sie sich:

»Die Toten! Sie sind nicht im Geringsten verwest! Und habt ihr irgendwo Fliegen oder Ratten gesehen? Nein? Unheimlich! Wie wenn es gerade eben erst geschehen wäre!«

Hastig sprachen sie ein Vaterunser und ein Ave Maria über den Gräbern, stellten die Werkzeuge zurück und machten, dass sie aus dem ihnen nicht geheuer erscheinenden Tal kamen.

»Wo ist Berthold geblieben? Ich sah ihn nicht unter den Toten! Ob er über die Berge entkommen konnte?«

Da niemand da war, der ihnen diese Frage beantwortete, erfuhren sie niemals, dass dieser nach wie vor in der Sakristei saß, das Glockenseil fest umfassend. Dort hatten sie nicht nachgesehen. Warum auch? Es gab keinen Grund, zumal die Tür verschlossen war. Die teuflischen Bannzeichen, welche sie davon abhielten die Tür zu öffnen, bemerkten sie natürlich nicht. Nicht im Dämmerlicht der Kirche.

Da keine zwingende Notwendigkeit bestand, es gab genügend fruchtbares, leicht zugängliches Land in der Ebene, stieg niemand mehr zu der kleinen Ansiedlung hoch. Gerüchte von finsteren Mächten begannen sich um das Dorf zu ranken und bald war es nur noch eine Sage, eine Legende.

Viele Jahre stand die Zeit im Tal weiterhin nahezu still. Die Pflanzen wuchsen kaum, nichts veränderte sich.

Bis sechs marodierende Soldaten nach dem Ersten Weltkrieg die Türe eintraten, dabei unwissentlich die Bannzeichen zerstörten und dadurch ein Teil des Fluches verändert wurde. Mit dem Läuten der Glocke um Mitternacht kehrte die Zeit in das Dorf zurück!

*

Nachdem der Weg ins Hochtal wieder frei geräumt und gut befestigt war, die Forstbehörde den Zugang erlaubte, kamen wieder Menschen ins Tal, um die Äcker zu bewirtschaften und die Wiesen zu beweiden. Was nicht hieß, dass sie dort oben wohnten. Mithilfe der Traktoren und Lastwagen war es ein Leichtes, in der Frühe hochzufahren und abends heimzukehren. Selten, dass der eine oder andere Forstbeamte oder Jäger in der vom Fortsamt eingerichteten Unterkunft übernachtete. Schade, fand Berthold, denn dadurch würde der Fluch nicht so bald gebrochen werden. Andererseits, er hatte alle Zeit der Welt. Er konnte warten!

Eine der ersten Handlungen der Menschen war, bevor sie wieder aufbauten und mit der

Forstwirtschaft anfingen, das Skelett aus der Kirche zu seinem letzten Ruheplatz zu geleiten.

Berthold fühlte sich äußerst wohl. Nach dem jahrzehntelangen Sitzen in der kalten Sakristei - nicht dass es ihm viel ausgemacht hatte, immerhin war er ja schon lange tot! - lag er jetzt bequem in einem nach frischem Fichtenholz duftendem Sarg. Sie legten netterweise den Sargboden mit einem feinen Samttuch aus. Zudem dachten sie an ein Kissen unter seinem Kopf. Nicht zu vergessen das leichte, weiße Leinentuch, mit dem sie seine müden Knochen bedeckten. Für ein Skelett ein ziemlicher Aufwand. Er war's zufrieden, auch als sie ihn neben der Kirche in die weiche, braune Erde betteten. Wohlwollend hörte er die Gebete, welche ein Kaplan sprach und stellt erleichtert fest, dass sie den auf dem Tal lastenden Fluch nicht erkannten und ihm daher keine Bannzeichen und -sprüche auferlegten. Einzig ein schlichtes Holzkreuz errichteten sie über ihm.

Fein! Von seiner Ruhestätte aus hatte er es nicht weit zu seinem Arbeitsplatz. Im Stillen gratulierte er sich zu seiner Weitsicht bezüglich der rechtzeitigen Vertragsergänzungen. Ihm war klar, dass die Menschen ihn früher oder später begraben, ihn aus der Sakristei entfernen würden. Also bedang er sich aus, jederzeit sein Grab verlassen zu können, um seinen Verpflichtungen nachzukommen. Sein Partner stimmte zu, mit der Einschränkung, dass er nicht außerhalb des Tales beerdigt werden durfte. Aber wie er voraussah, machten sie sich nicht die Mühe, seine sterblichen Überreste weiter als bis zum neben der Kirche gelegenen Friedhof zu bringen. Ansonsten würde seine Seele sofort dem Höllenfürsten zufallen.

Somit vermochte er ›seine‹ Dorfbewohner weiterhin gut schützen! Selbst wenn es immer weniger waren. Der Fluch würde böse Menschen bestrafen und die Unschuldigen verschonen. Was hieß, dass wie im Pakt besiegelt, der Teufel ernten konnte. Er seinerseits musste nur wie vereinbart die Glocke läuten! Hervorragend!

*

Ewald fluchte leise vor sich hin, indessen sein Kumpel Rolf recht gleichmütig an der andern Seite der Deichsel des Bollerwagens zog.

Für seinen Geschmack verhielten sie sich viel zu laut! Ausgerechnet in der Stille der Abenddämmerung, schienen sie einen höllischen Lärm zu machen, alles im nächsten Umkreis alarmierend. Rolf hingegen erkannte längst, dass das neben ihnen durch die Klamm herabstürzende Wasser das Geräusch der Räder übertönte. Abgesehen von einem misstrauisch kreischend und rätschendem Eichelhäher befand sich weit und breit niemand, welcher sie bei ihrem Vorhaben stören konnte. Der Vogel schwenkte wenige Minuten später über den Bach ab und stellte sein Lärmen ein. Wahrscheinlich wurde es ihm zu langweilig.

Nach rund einer Stunde hatten sie es geschafft. Vor ihnen lag ihr Ziel, in der hereinbrechenden Nacht kaum zu erkennen. Ewald keuchte und war schweißnass. Im Gegensatz zu Rolf war er aufgeregt, übernervös und bekam ein schlechtes Gewissen. Rolf hingegen blieb eiskalt. Eine Kirche ausrauben? Was sollte es, dies war ein Ort wie jeder andere auch! Und an höhere oder sonstige jenseitige Mächte glaubte er schon ewig nicht mehr. Ammenmärchen!

Wenn er jemanden fürchtete, handelte es sich einzig um Gendarmen und die Konkurrenz. Deswegen nahm er ja Ewald mit. Der war ein harmloser Anfänger. Stets pleite und immer hungrig. Leicht zum Mitmachen zu überreden. Nach vollbrachter Tat, auf dem Rückweg, würde dieser versehentlich in die Klamm stürzen. Nachdem er ihm vorher kräftig eins über den Schädel zog. Falls Ewalds Leiche gefunden wurde, hatte das Wasser längst alle Spuren abgewaschen. Und die scharfkantigen Felsen in der Schlucht ...

Zu seinem Glück ahnte dieser nichts von den Gedanken seines angeblich besten Kumpels. Sonst wäre er todsicher schreiend weggerannt.

Rolf wartete geduldig ab, bis Ewald sich beruhigte und gleichmäßig atmete. Danach ging's weiter. Sie hatten eine mondhelle Nacht für ihr Vorhaben gewählt und fanden sich in dem geringen Licht leicht zurecht. Erst als sie die Stufen zur Kirche hochstiegen, wagten sie es eine der beiden mitgebrachten Blendlaternen anzuzünden. Ein schmaler Lichtstreif fiel aus der Laterne, gerade ausreichend, um das Türschloss zu erkennen.

Als erfahrenem Einbrecher war es für Rolf nicht schwer, das einfache Vorhängeschloss in kaum einer Minute zu knacken. Schnell huschten sie durch die Tür und zogen diese umgehend hinter sich zu.

Ewald blendete sein Licht auf während Rolf die zweite Laterne entzündete. Damit gelang es ihnen, sich in der finsteren Kirche gut zurecht zu finden. Ihr Ziel war der Altar und vor allem die seitlich davon in

64

einer Nische stehende Marienstatue. Rolf hatte Ewald selbstredend verschwiegen, wie viel ihm sein Hehler dafür bot. Da er außerdem nicht zu teilen gedachte ...

Genau untersuchte er die Nische. Wie primitiv! Die Statue war nicht einmal angeschraubt oder sonst wie befestigt, auch nicht zusätzlich gesichert. Jeder Depp konnte sie leicht davontragen. Klasse!

»Los, Ewald! Nimm sie oben an den Armen! Ich hebe sie unten hoch! Schau, hier ist ein kleiner Absatz! Stell dich darauf, dadurch kommst du besser dran!«

Ewald gehorchte wortlos, allerdings vor Angst schlotternd. Die Luft um ihn herum fühlte sich kalt und Furcht einflößend an. Sein linkes Bein wurde nass. Vor reiner Panik pinkelte er sich in die Hosen.

Danach sah Ewald der Statue in die Augen. Und diese ihm.

Woraufhin er einen lang gezogenen Schrei ausstieß, ein Schrei, von dem niemand vermutet hätte, dass eine menschliche Kehle zu solch furchtbaren Lauten fähig war. Alles fallen lassend, seine Umgebung nicht mehr wahrnehmend, raste Ewald blindlings, dabei schrill heulend aus der Kirche und ohne anzuhalten den Weg zurück, den sie gekommen waren. Langsam verklangen seine unartikulierten Schreie in der Ferne, als schauriges Echo im Tal verhallend.

Rolf schnitt das Geheul durch Mark und Bein. Eiskalt lief es ihm den Rücken hinab! Verdammt! Warum hatte er sich nur mit diesem feigen Anfänger eingelassen? Drehte der Kerl unversehens von einem Moment zum anderen schlagartig durch!

Mist! Wie sollte er allein die schwere Figur hinwegschaffen? Suchend sah er sich um. Die kleine

Laterne zeigte ihm einen recht fest erscheinenden Haken an der Wand oberhalb der Statue. Mit einem langen Seil vielleicht? So schnell gab Rolf sein Vorhaben nicht auf, nicht wenn es um derart viel Geld ging! Eine vage Idee keimte in ihm auf.

Ob ihm das Glockenseil eventuell weiterhelfen konnte?

Die Tür zum Glockenturm, vermutlich lag die Sakristei unmittelbar dahinter, war nicht verschlossen. Der Schein seiner Laterne wanderte durch den Raum und erfasste das bis zum Boden herabhängende Seil. Außerdem die schmale, im Mauerwerk fest verankerte Steigleiter, mit der man zur Glockenstube gelangen konnte. Na, wer sagte es denn! Genau das, was er brauchte. Hochklettern, das Seil abschneiden, die Statue krallen und nichts wie weg!

Als er die vierte Sprosse hochkletterte, erfasste ihn das bedrückende Gefühl, nicht mehr allein zu sein. Vorsichtig wandte er den Kopf und sah hinunter.

Wie gelähmt blieb er auf der Leiter festkleben. Unter ihm stand ein in eine Mönchkutte gehülltes Skelett, von einem seltsamen, blassen Schein umgeben, welches ihn aus feurig glühenden Augenhöhlen wütend anstarrte.

In der letzten Sekunde seines Lebens sah er noch, wie das Glockenseil auf ihn zuschoss, fühlte, wie es sich um seinen Hals legte, ihn von der Leiter riss ...

Danach erfasste ihn Dunkelheit.

In dieser Nacht läutete die Glocke nach langer Zeit wieder zwölf Mal. Und ein Mal im Morgengrauen.

Berthold war über sein Werk trotzdem nicht erfreut. Die Leiche des Diebes an seinem Glockenseil empfand er als unschicklich und störend!

*

Diese Augen! Ernst vorwurfsvoll und tadelnd.

Ihr Blick ging ihm durch und durch.

Diese Augen! Er würde den rügenden Ausdruck, mit dem sie ihn anschauten, sein Leben lang nicht vergessen!

Verstört sah er sich um. Wo befand er sich überhaupt?

Schemenhaft erinnerte er sich daran, dass er, als ob Beelzebub hinter ihm her wäre, die Schlucht hinab und immerzu geradeaus weiter rannte. Dabei geriet er in ein Gewitter, welches ihn bis auf die Haut durchnässte und einweichte. Seine Kleidung wurde, wenn auch nicht beabsichtigt, gründlich gewaschen. Seinen Schuhen hingegen bekam das Wasser weniger gut. In seiner durchgedrehten Verfassung störte ihn das nicht. Als ihn, viel später, die Kräfte verließen, schleppte er sich trotzdem weiter und weiter. Jetzt war er am Ende. Die Luft wurde knapp, sein Atem ging pfeifend, die Beine trugen ihn kaum mehr. Ein heftiges Seitenstechen plagte ihn. Zudem fror er in seiner nassen Kleidung mittlerweile erbärmlich. Bisher hatte ihn die stetige Bewegung halbwegs warmgehalten, doch allmählich drang die Kälte der Nacht durch.

Dort, im Sternenlicht, die düstere Masse? War das ein Gehöft? Einen trockenen Unterschlupf finden, sich irgendwo hinlegen und ausruhen, mehr wollte er nicht.

Ein dunkles Etwas schoss heran. Bevor er sich über dessen Natur im Klaren war, schubste es ihn, leise, kaum vernehmbar bellend, als ob es die Anwohner nicht wecken wollte, auf einen kleinen Schuppen zu. Ein durchaus respektabler Wachhund. Da dieser in weder lauthals ankläffte oder nach ihm schnappte, folgte er ihm willig. Außerdem schien es ihm nicht ratsam, sich in seinem Zustand mit diesem anzulegen.

Zu seiner Freude befand sich in einer Ecke ein weicher Strohhaufen, ausreichend um sich hinein zu legen und zuzudecken. Genug um sich auszuruhen und noch, höchstens bis zur Morgendämmerung, einige Stunden zu schlafen.

Er hatte nicht vor, dem Bauern oder jemandem aus dessen Gesinde unter die Augen zu treten. Besser, er wurde nicht gesehen. Danach konnte ihn niemand mit dem inzwischen erfolgten Diebstahl der Marienstatue in Verbindung bringen. Rolf hatte sich diese, ohne ihn, gewiss längst unter den Nagel gerissen.

Müde schloss er die Augen. Der Hund legte sich dazu, ohne dass er es bemerkte, um ihn zu wärmen sowie zu beschützen.

Ein Mal wachte er kurz auf, vermeinte einen einzelnen, weit entfernten Glockenschlag zu vernehmen. Unwahrscheinlich, nicht auf diese Entfernung! Vermutlich bildete er sich das in seiner Erschöpfung nur ein.

*

Ratlos umstanden die Tochter des Bauern, drei Mägde und ein Knecht das Strohlager. Der Mann schien Furchtbares erlebt zu haben. Sein Gesicht verzerrte sich immer wieder in grenzenlosem Schrecken.

Seine Stimme, hohl und dünn, wie im Fieber:

»Sie lebt! Sie hat mich angesehen ... diese Augen ... diese Augen ...! Sie lebt!«

Wieder und wieder, sich dabei unruhig hin und her werfend. Rosel hätte ihm gerne geholfen, doch Hasso, der ansonsten lammfromme, gutmütige Wachhund sah dermaßen drohend drein, das Maul zu einem warnenden Knurren geöffnet, dass sie nicht wagten, den Unbekannten zu stören.

»Lasst ihn schlafen!«, entschied der herbeigerufene Bauer. »Stellt Hasso eine Schüssel mit Wasser und Futter in die Nähe und geht an eure Arbeit! Wenn der Fremde wach wird, werden wir weitersehen!«

Ewald erwachte gut drei Stunden später am hellen Vormittag, hinlänglich ausgeruht, jedoch von einem heftigen Durst geplagt. Verblüfft besah er sich den riesigen, schwarzen Hund an seiner Seite, welcher ihm die Hand leckte. Den hatte er in der Nacht in seiner vollen Größe nicht so richtig wahrgenommen und viel kleiner eingeschätzt. War auch nicht mehr wichtig, denn das Tier schien ihm freundlich gesinnt zu sein, hatte ihn anscheinend in der Nacht vor Ungemach beschützt. Dankbar streichelte er ihm übers Fell, was diesem zufriedene Laute entlockte.

Als er aufsah, stand ein kleines, dunkelhaariges Mädchen, kaum sechs oder sieben Jahre zählend, in seiner Nähe, ihn still beobachtend.

»Hallo! Guten Morgen, mein Kind! Wie heißt du denn?«

Das mit dem unauffälligen Verschwinden in der Morgendämmerung hatte nicht geklappt. Also musste er das Beste aus seiner Lage machen. Da ihn bisher niemand weggejagt hatte, konnte er davon ausgehen, dass ihm die Leute des Hofes nicht feindlich gesinnt waren.

Das Kind sah ihn aufmerksam an, ehe es sich zu einer Antwort bequemte:

»Ich heiße Claudia! Brachte Hasso dich her?«

Kritisch musterte sie den Hund, welcher sich gähnend erhob und zu seinem Futternapf trottete. Danach kam sie auf ihn zu, reichte ihm zutraulich ihre Hand, ihn gleich darauf mit sich ziehend.

»Ich soll dich ins Haus bringen, wenn du aufgewacht bist! Komm mit!« Und neugierig: »Du hast im Schlaf immerzu von ›Augen‹ geredet! Warum?«

Einen Herzschlag lang zuckte er erschrocken zusammen. Wieder brannte sich der Blick der Statue in den seinen. Eine bittere Erinnerung! In Gedanken war er wieder in der Kirche. Er schämte sich zutiefst, sich beinahe zu einem derartigen Frevel hergegeben zu haben. Sie gelangten im Haus an, ohne dass er es bewusst mitbekam. In seinen Erinnerungen war er weit oben im Hochtal. Die hinter ihm eintretende Bauerntochter nicht bemerkend, antwortete er ernsthaft dem Kind, wie zu einem Erwachsenen sprechend:

»Weißt du, Claudia, ich habe kein Zuhause und bin arm. Die Zeiten seit dem Krieg sind schlecht und ich fand schon lange keine Arbeit mehr! Wenn man dazu selten zu essen bekommt, dafür immer Hunger hat, kann man allzu leicht vom richtigen Weg abkommen. Heute Nacht hätte ich beinahe eine große Sünde begangen! Jemand hat mich strafend angesehen und mit einem Blick aus seinen Augen zurück auf den rechten Weg gebracht! Dafür danke ich Gott! Es war im letzten Moment, doch ich habe daraus gelernt! Ich werde diese Augen nie im Leben vergessen. Auch wenn du zu jung bist, Claudia, um mich zu verstehen, sage ich dir, dass ich alles bitter bereue! Niemand wird je davon erfahren, denn ich werde nachher weggehen und euch nicht weiter zur Last fallen!«

Ewald schwieg. Gleich darauf fuhr er bestürzt zusammen, denn eine ernste Frauenstimme hinter ihm sagte leise:

»Hasso hat für Sie gebürgt! Wen er anerkennt, der ist im Grunde genommen ein guter Mensch! Straucheln kann jeder einmal!«

Danach, laut und scheinbar neutral:

»Bitte bleiben Sie bei uns! Arbeit gibt es hier mehr als genug und«, fügte sie lächelnd hinzu, »zwei Freunde haben Sie ja bereits auf unserem Hof gefunden: Claudia und Hasso!«

Ernst sah sie ihn an. In ihren Augen glaubte er zu erkennen, dass es für ihn bald eine weitere Freundin geben würde. Und darüber hinaus später vielleicht mehr.

*

Madame hatte ihre beiden esoterisch angehauchten Freundinnen zum Tee gebeten.

Celine und Diane fielen beinahe die Augen aus dem Kopf, als sie denen das mühsam ergatterte Buch vorlegte. Keine von ihnen hielt je zuvor ein derartig mächtiges Artefakt in den Händen. All ihre bisherigen angeblich ach so magischen Gegenstände und zauberkräftige Amulette verblassten angesichts des Folianten zu einem Nichts. Unbedeutend, wertlos.

Scheinbar harmlos auf dem Glastisch liegend, schien dennoch eine ungeheure Anziehungskraft von diesem auszugehen. Vorsichtig strich Diane mit dem Zeigefinger darüber, die Augen geschlossen, allein auf das was sie fühlte konzentriert. Eine Wärme und ein leichtes Prickeln, einer sanften elektrischen Entladung gleichend. Danach betastete Celine das Buch, ebenfalls von diesem nachgerade rätselhaft angezogen. Sie verspürte gleichfalls die Ausstrahlung höchster Magie.

Schwarze, finstere Zauberkunst! Genau das, was sie seit Jahren verzweifelt suchten! Wahnsinn! Ausgerechnet die in magischen Künsten gänzlich unbedarfte Madeleine hatte es gefunden.

Natürlich bestürmten sie ihre Freundin, alles zu erzählen. Wo, wie, wann sie es bekommen hätte und so weiter.

Genüsslich erzählte Madame von dem kleinen Laden in Ulm und verschwieg dabei nicht die lustvolle Episode im Hinterzimmer. Bei der mit ausführlichen Gesten begleiteten Beschreibung der intimen Details wurde in der Erinnerung daran nicht nur ihr eigenes Höschen feucht. Auch ihre Freundinnen begannen unruhig auf ihren Hintern herumzurutschen. Wie sollten sie ahnen, dass die Zauberkraft des Buches ihre Gefühle und geheimen Lüste arglistig steigerte?

Nach dem Bericht wandte sich das Interesse erneut dem Buch zu.

»Ihr könnt es gerne haben«, meinte Madeleine. »Es ist ein Mitbringsel für euch. Was soll ich mit ihm anfangen? Damit kennt ihr euch besser aus als ich!«

Blitzschnell griff Diane nach dem Buch, bevor ihre Hexenschwester reagierte. Wie enttäuscht war sie aber, als sie feststellen musste, dass es sich nicht öffnen ließ.

»Gefühlvoll gleichzeitig auf die beiden Riegelchen an der oberen Schnalle in Deckelmitte drücken, danach geht es leicht auf. Ist leider alles in Lateinisch oder einer anderen, mir unbekannten Sprache abgefasst!«

So sehr Diane sich bemühte, das Buch blieb verschlossen. Verdrossen reichte sie das Werk an Celine weiter. Diese versuchte es ebenfalls, gekrönt von dem gleichen Misserfolg. Das Buch ließ sich nicht öffnen!

Madeleine war mehr als verblüfft:

»Gib es mir bitte, Celine! Es geht ganz leicht auf! Wirklich!«

Ihre Freundinnen beobachteten gespannt, wie Madeleine das Buch vor sich auf den Tisch legte, die Riegelchen mühelos drückte und ...

Fassungslos nahmen sie zur Kenntnis, wie einfach, nahezu wie von selbst, sich der Verschluss öffnete.

»Ich sagte doch, es geht problemlos!«

Aufgeschlagen reichte sie es Diane. Diese blätterte ein paar Minuten schweigend darin, behutsam Seite um Seite umwendend. Ihr Gesicht wurde leichenblass. Kaum, dass sie die Worte hervorbrachte:

»Ein Grimoire! Ein bisher unbekanntes Grimoire!«

An Madeleines verständnislosem Gesichtsausdruck erkannte sie, dass diese mit diesem Begriff nichts anfangen konnte. Erklärend fügte sie daher hinzu:

»Ein Grimoire oder Zauberbuch ist ein Buch über magisches Wissen. Normalerweise enthalten solche

Zauberbücher meist nichts als harmlose astrologische Regeln, unwichtige Listen von Engeln und Dämonen sowie Anweisungen zur Herstellung von Talismanen und Mixturen. Welche, soweit ich auf den ersten Blick erkennen kann, hier gänzlich fehlen. Dieses Grimoire hingegen beschreibt im Wesentlichen kraftvolle Zaubersprüche, dazu eine eindeutige, ausführliche Anleitung zum Herbeirufen von magischen Wesen! Dämonen und Teufeln zum Beispiel! Hier wird außerdem explizit der ...!«

Entsetzt brach Diane ab, als ihr bewusst wurde, wen man mit dieser Anrufung beschwören konnte. Nervös nagte sie an ihrer Unterlippe und legte das Grimoire behutsam auf den Tisch zurück.

Celine nutzte die günstige Gelegenheit und besah sich ihrerseits die aufgeschlagene Seite. Selbst wenn ihre Kenntnisse in Latein zu wünschen übrig ließen, erfasste sie dennoch einige Worte.

Sie an, sieh an!

Diane hatte sich inzwischen gefangen.

»Hör zu, Madeleine! Normalerweise erfährt niemand davon, es ist streng geheim, aber ich werde Dir ein verborgenes Mysterium anvertrauen!«

Sie senkte ihre Stimme zu einem Flüstern, sodass Madeleine sie kaum verstand.

»Dieses Buch wurde höchstwahrscheinlich auf Dich ›geprägt‹, wie wir sagen. Du allein kannst es öffnen! Was bedeutet, dass die Zaubersprüche einzig von Dir aufgesagt, das Ritual, so wie es aussieht, von niemandem außer Dir ausgeführt werden kann! Die Geschichte geht folgendermaßen und ...!«

Madeleine hörte sich den ausführlichen Bericht ihrer Freundin ungläubig an. Ein paar

Zwischenfragen und die Bestätigung von Celine. Sie vermochte an all den Humbug nicht recht glauben.

Beide Hexen, Diane und Celine bezeichneten sich ernsthaft als Hexen - wirklich unglaublich, dies passte nicht in die heutige Zeit, höchstens ins tiefe Mittelalter! -, beschworen hoch und heilig die Wahrheit ihrer Worte.

»Bitte, Madeleine! Begleite uns zu unserem nächsten Treffen und bring das Grimoire mit! Uns nützt es nichts, da es sich nur von dir öffnen lässt. Wir werden die Oberhexe und ihre Beraterinnen von dem Buch in Kenntnis setzen. Ich bin mir sicher, dass sie dich einlädt. Du darfst freilich niemandem davon erzählen und musst alleine kommen!«

Eindringliche Worte hin oder her, Madeleine schüttelte energisch den Kopf:

»Kommt überhaupt nicht in Frage! Mein Fahrer Paul wird von mir eingeweiht! Er, ich sowie weitere zwei Mann aus unserer Garde, oder gar nicht! Ich traue der Sache nicht und halte das alles für absolute Spinnerei. Es gibt keine Zauberei und all den Unfug! Kinderkram! Daher werde ich beim ersten Male auf jeden Fall meine Männer mitnehmen. Und damit es eindeutig klar ist, meine Jungs werden bewaffnet sein! Wenn dies eurer Oberhexe nicht passt, lassen wir es! Nehmt bitte das Buch mit, ich habe es extra für euch besorgt! Was soll ich damit? Ich verstehe kein Wort von dem was drinsteht! Vielleicht kann es doch jemand aus eurem Zirkel öffnen? Wie gesagt, es geht ganz leicht! Klar?!«

Auch wenn es Diane überhaupt nicht gefiel, Madeleine ließ sich nicht umstimmen. Celine hielt sich aus dem Wortwechsel heraus und beobachtete nur. Sie begriff, dass Madeleine erstmalig mit Derartigem konfrontiert wurde und alles für totalen Quatsch hielt. Natürlich hatten sie gerüchterweise von dem erpresserischen Paparazzo vernommen, und dass ein paar sehr bestimmend auftretende Männer auf die harte Tour schnell für Ruhe und Ordnung sorgten. Sicherlich handelte es sich um diese, welche Madeleine mit ihre ›Jungs‹ bezeichnete.

Auch wenn Diane sichtlich verstimmt war - Celine nahm es hingegen recht gelassen -, steckte sie das Grimoire ein und verabschiedete sich.

»Bis demnächst, Madeleine. Du hörst bald von uns!«

Kopfschüttelnd sah Madame de Brion hinter ihnen her. Die hatten sie wohl nicht mehr alle, oder?

Danach rief sie Paul.

*

Das Wetter war dem Anlass entsprechend. Grau, düster, unheimlich. Nasskalter Regen und hereinbrechende Dämmerung.

Paul fuhr, während sie auf dem Beifahrersitz Platz genommen hatte. Sie war trotz all ihrem Unglauben an den ›Hexenhumbug‹, wie sie es bei sich nannte, recht aufgeregt, weshalb sie besser nicht selbst steuerte. Hinter ihnen, im Fond saßen zwei kalt dreinsehende, schweigsame Männer. Sie nickten zu den Anweisungen Pauls wortlos zustimmend. Monsieur de Brion zahlte gut. Seit Jahren führten sie ein angenehmes Leben. Unauffällig auf Madame aufpassen, mehr nicht. Höchstens jemandem Respekt beibringen. Aufdringlichen Fotografen zum Beispiel!

Sie sahen keinerlei Gefahren, es sei denn, irgendjemand würde falsch spielen. Nun, danach würde derjenige ein ernsthaftes Problem bekommen. Zudem sie früher bereits wesentlich härtere Nüsse knackten. Zuerst handeln, das Ärgernis beiseite schaffen, anschließend, wenn es noch ging, fragen ...

Eine vortreffliche Devise!

»Noch rund dreißig Minuten, Madame! Wir werden pünktlich, allerdings bei tiefer Dunkelheit ankommen! Alexej und Petrov steigen als Erste aus und sichern! Auf ihr Zeichen verlasse ich anschließend das Fahrzeug und hole Sie mit dem Schirm ab und bringe Sie bis in den Versammlungsraum. Daraufhin sehe ich nach den Türen! Wir werden diese von außen bewachen!«

Madeleine nickte stumm. Auf Paul war vollständig Verlass! Sie hatte ihm alles haarklein erzählt, was Diane und Celine berichtet hatten. In vielen Dingen wandte sie sich eher an Paul, als an ihren Mann. Schließlich wusste Paul mehr von ihr, als jeder andere Mensch.

Die Minuten verstrichen in tiefem Schweigen. Der ruhig brummende Motor, das Platschen der Regentropfen auf den Scheiben, das monotone Geräusch der Scheibenwischer und der Reifen verhinderten eine drückende Stille.

Madeleine war erleichtert, als die Scheinwerfer durch den Regenvorhang hindurch ein schmiedeeisernes Gittertor erfassten. Paul ging auf Schrittgeschwindigkeit herunter und rollte langsam auf das Tor zu. Als er knapp davor anhalten wollte, schwangen die Torflügel nach innen auf. Dies als Einladung betrachtend, fuhr Paul weiter. Nur für geübte Ohren vernehmbar, ertönte im Fond ein zweimaliges, leises, metallisches Klicken. Gut! Die Jungs waren auf Draht und hatten soeben ihre Waffen entsichert und durchgeladen. Paul war zufrieden.

Nach einer Strecke von gut einhundert Metern standen links und rechts der schnurgerade verlaufenden Asphaltstraße winzige, regensichere Windlichter im Gras, den letzten Teil des Weges markierend.

Paul folgte den Lichtern, sich immer in der Mitte haltend. Der Regen ließ nach und vor ihnen tauchte die Fassade eines kleinen Schlösschens, soweit dies überhaupt zu erkennen war, auf. Die Laternchen führten ihn in einem weitem Bogen vor eine breite, zu einem wuchtigen Portal hoch führende, flachstufigen Treppe.

Sie wurden bereits erwartet. Trotzdem stieg Madeleine nicht aus, ehe Paul ihr ein Zeichen gab. Die beiden sie in Empfang nehmenden Gestalten erkannte sie trotz der Umhänge sofort:

»Hallo, Celine! Hallo Diane!«

*

Nachdem die ersten Schwierigkeiten überwunden waren - sie lernten verhältnismäßig schnell, dass Madeleines Begleiter weder auf normales Ansprechen noch auf energische Anweisungen reagierten - gaben sie vorübergehend Ruhe und betraten alle gemeinsam das Gebäude. Einer der Hexendiener versuchte dennoch die Männer gewaltsam fernzuhalten und stellte sich Alexej in den Weg. Als er danach stöhnend aufstand, hatten es alle begriffen.

Außer der Oberhexe. Diese erhob lautstark Einspruch und verwehrte ihnen kreischend den Zutritt zum Sanctuarium. Zumindest rief sie andauernd dieses Wort mit einem unnatürlichen Pathos in der Stimme. Die restlichen Worte gingen in dem wirren Geschrei unter.

Wenn sie sich recht erinnerte, bedeutete dieser Begriff ›Heiligtum‹. Hatten die noch alle? Ein ›Heiligtum‹ inmitten des alten Gemäuers? Kein Zutritt für Nichteingeweihte - außer sie wurden ausnahmsweise eingeladen - und vor allem nicht für Männer. Feministinnen, die Männer grundsätzlich ablehnten, konnte Madeleine noch nie ausstehen.

Sie wechselte einen kurzen Blick mit Paul, drehte sich um und ging. Sollten sie sich ihren Hokuspokus samt der zugehörigen Scharlatanerie sonst wohin stecken! Sie bereute mittlerweile ihre gut gemeinte Absicht, ihren Freundinnen - jetzt vermutlich eher Exfreundinnen - eine kleine Freude bereiten zu wollen. Wenn sie das geahnt hätte, würde das Buch - wie nannten die es gleich noch, Grimoire, oder? - weiterhin in dem Esoterikladen liegen. Allerdings hätte sie dabei auf den Sex ihres Lebens verzichten müssen. Wenn sie genauer nachdachte, hatte sich all der Ärger allein für die paar lustvollen Stunden durchaus gelohnt.

Paul hielt ihr höflich die Tür auf. Alexej und Petrov achteten darauf, dass die Horde kreischender Hühner, welche ihnen aufgeregt nachflatterten - in ihren Umhängen sahen sie aus wie übergroße Fledermäuse - dem Fahrzeug nicht zu nahe kamen, ehe sie blitzschnell einstiegen. Sie saßen kaum auf ihren Plätzen, als Paul zügig anfuhr.

Langsam verschwanden die Lichter hinter ihnen in der Dunkelheit.

Madeleine war zufrieden. Wer ihr Vorschriften machen wollte, der musste früher aufstehen!

*

»Nein!«

Sie schüttelte energisch den Kopf.

»Ich werde diesen Kindergarten nicht erneut betreten! Eure Oberhexe ist überaus unangenehm und die Vorschriften und Regeln des Hexenklubs interessieren mich einen Dreck! Wenn ihr Möchtegernhexen in diesen Schwachsinn, mehr ist das in meinen Augen nicht, einwilligt und euch diesen absurden Verhaltensregeln unterwerft, ist das einzig eure Sache! Mich betrifft das nicht!«

Betreten nahmen Celine, Diane und eine junge Frau, sie wurde als Hexe Sylvaine vorgestellt, Madeleines Worte zur Kenntnis.

Diese musterte das auf ihrem Tisch liegende Artefakt böse.

»Eure angeblichen magischen Kräfte scheinen ja nicht viel wert zu sein, wenn ihr nicht einmal imstande seid, dieses harmlose Buch zu öffnen!«

Nun, da konnten sie kaum widersprechen. Madeleine fuhr fort:

»Ich werde das Buch aufschlagen, danach prüfen wir es gemeinsam in den nächsten Stunden in aller Ruhe! Ihr könnt euch gerne Notizen machen und später sehen wir weiter. Ich lasse uns gleich ein paar Erfrischungen herbringen. Paul!«

Zufrieden kauend, nebenher immer einige Schlucke des ausgezeichneten Rotweines trinkend, blätterten sie das Grimoire durch. Madeleine verstand zwar nicht viel, trotzdem bekam sie mit, dass es sich hier um eine Dämonen- oder Teufelsbeschwörung handelte. Zuerst war da eine ewige Litanei, um das endgültige Ritual einzuleiten. Anschließend, als Höhepunkt sozusagen, der letztendliche Anruf des Fürsten der Finsternis, mit der Bitte einen seiner Dämonen zu senden. Zum Preis dafür unterstellten sich die Hexen als Dienerinnen dem Teufel. Wobei Madeleine vermutete, ohne dies laut auszusprechen, dass die dummen Hexen dabei waren, ihre Seelen - besaßen die überhaupt eine? - leichtfertig dem Bösen zu überlassen. Deren Problem! Sie würde sich da grundsätzlich heraushalten.

Magische Macht? Interessierte Madeleine nicht die Bohne! Ihr genügten die natürlichen Vorzüge einer attraktiven Frau, um Macht über kräftige und ausdauernde Männer zu gewinnen, welche ihr zumindest eine Zeit lang zu sexueller Erfüllung verhalfen. Das angenehme Leben bezahlte ihr Mann, was ihr ansonsten fehlte, holte sie sich außer Haus. Mehr benötigte sie nicht.

Sylvaine sah besonders hübsch aus und besaß, soweit zu sehen war, einen tollen Körper sowie eine überaus verführerische Figur. Warum sie diese für den Teufel aufhob, anstatt für echte Männer, leuchtete Madeleine nicht ein. Ihre Blicke trafen sich. Madeleine hatte das durchaus angenehme Gefühl, dass Sylvaine nicht abgeneigt war, mit ihr ...

Mit Frauen hatte sie bisher nicht geschlafen. Vielleicht sollte sie diese Erfahrung demnächst dringend nachholen? Mit Sylvaine? Allein bei dem Gedanken wurde ihr schon heiß.

Dann zwang sie sich dazu, ihre Aufmerksamkeit dem Buch zuzuwenden. Sylvaine tippte die Sprüche aus dem Grimoire in ihren mitgeschleppten Laptop ab, zum Zweck, dies später für die Oberhexe und deren Beraterinnen auszudrucken. Ob die tatsächlich wussten, was sie taten? Sah eher nach dem Titel eines uralten James Dean Film aus!

»Seltsam!« Diane wirkte nervös. »Die Sprüche müssen zu einer vorbestimmten Zeit an einem genau festgelegten Ort durchgeführt werden! Leider finde ich nichts darüber!«

Madeleine nahm ihr das Grimoire aus der Hand und blätterte es gelangweilt durch.

»Ach, Diane? Und was ist das hier?«

Eindeutig eine Landkarte und, eine Seite weiter, eine Zeichnung von einem von Symbolen überhäuften Gebilde mit fünf auffälligen Spitzen.

Diane keuchte entsetzt.

»Verdammt! Wir benehmen uns mehr als dumm! Natürlich muss Madeleine das Buch durchblättern und nicht wir, damit sich alle verborgenen Seiten und Anweisungen enthüllen! Uns eröffnen sie sich nicht!«

Nun, den Gefallen konnten sie denen gerne tun. Zuvor rief sie Paul, um ihm die Karte zu zeigen. Dieser besah sich die Skizze aufmerksam. Daraufhin nickte er.

»Ich glaube, dass wir den Ort verhältnismäßig leicht finden können! Allerdings muss die Karte noch entschlüsselt werden, sie ist nicht Eins zu Eins auf eine existierende Landkarte zu übertragen!«

Paul kopierte die Seite, indem er ein Blatt Papier darüber legte und die durchschimmernden Linien nachzog. Wortlos gab er das Buch zurück und verschwand. Madeleine kannte ihn. Er würde umgehend versuchen, in aller Ruhe das Rätsel zu lösen. Die drei Hexen nahmen indessen Pauls Verhalten höchst erstaunt zur Kenntnis. Da Madeleine nicht reagierte, beschlossen sie, dessen seltsames Benehmen zu ignorieren. Vorläufig wenigstens!

Anschließend wandte sich ihr Interesse erneut dem Grimoire zu. Nachdem Madeleine sorgfältig Seite um Seite umblätterte, kamen zusätzliche Beschwörungen zum Vorschein. Und eine Seite, aus der sie den genauen Zeitpunkt für die Anrufung sowie weitere Anweisungen zu deren Durchführung entnehmen konnten.

Die Hobbyhexen waren begeistert. Es störte sie nicht, als Madeleine das Grimoire zuklappte und meinte:

»Schluss für heute! Wenn Paul die Karte enträtselt hat, melde ich mich bei Euch! Einverstanden?«

Natürlich erklärten sie sich einverstanden. Was blieb ihnen denn Anderes übrig?

*

»Südlicher Schwarzwald! Eindeutig!«

Madeleine besah sich die Kopie und danach die vor ihr liegende Landkarte. Da sie nicht dumm war, erkannte sie anhand von auffälligen Merkmalen sogleich die Lösung des Rätsels.

Die Zeichnung im Buch war auf den Kopf gestellt und zugleich gespiegelt! Verhältnismäßig leicht zu finden, wenn man die charakteristischen Flussläufe in Deutschland halbwegs kannte.

Die Karte zeigte zweifellos den Oberrhein von Karlsruhe an über Basel bis zum Bodensee hoch. Dazu die wesentlichsten Zuflüsse.

Paul war einsame Spitze!

»Schau her Madeleine: Dieses breite Flusstal durchläuft hier eine augenfällige Biegung! An dieser Stelle geht es durch eine schmale Schlucht zu einem abgelegenen Hochtal. Laut Internet gibt es dort nichts als ein paar Häuser und eine kleine Kirche. Nicht dauernd bewohnt, sondern zu einem Freilicht-Museum für Touristen umgestaltet. Nur tagsüber bewirtschaftet. Ein Kiosk mit einem Café und einer Toilettenanlage, mehr ist da nicht! Wir sollten uns die Gegend einmal ansehen, sicherlich finden wir dort weitere Hinweise!«

»Gut gemacht, Paul! Wir fahren in zwei Wagen und nehmen Diane, Celine und Sylvaine mit!«

*

Die schmale, dennoch gut befahrbare Straße - es waren regelmäßig für sich begegnende Fahrzeuge benötigte Ausweichplätze angelegt - verlief mit konstanter Steigung von Anfang an die linke Talseite hoch. Links bezogen auf den Anstieg. Floss der Bach zuerst weit unter ihnen dahin, stieg er gegen Ende zu steil an, über senkrechte Felskaskaden herabbrausend.

Wildromantisch!

Madeleine war entzückt, Paul hinhegen sah eher bedenklich drein. Die immer enger und schroffer werdende Schlucht behagte ihm nicht. Kurz vor einer den Weg versperrenden Felswand führte die Fahrweg in einer breit ausgebauten Linkskehre von der steinernen Barriere weg und höher.

Paul atmete auf, als sie aus dem Wald heraus kamen und auf einer Kuppe anlangten. Ein kleiner Wanderparkplatz veranlasste ihn, von der Straße abzubiegen und anzuhalten. Sekunden später hielt der zweite Wagen daneben. Madeleine und die drei sie begleitenden Hexen sowie Alexej und Petrov folgten seinem Beispiel und stiegen ebenfalls aus, sich nebeneinander aufstellend und das vor ihnen liegende Hochtal kritisch musternd.

›Ein ehemaliger See!‹, war Pauls erster Gedanke.

Gebildet aus einer natürlichen Staumauer, nämlich dem Felsenband, auf dem sie soeben standen. Im Laufe der Äonen hatte das Wasser einen V-förmigen Durchbruch durch das Hindernis gebahnt. Der trockene, von einem klaren Bach durchströmte Talgrund lag geschätzte dreißig Meter tiefer. Vor ihnen führte die Straße schnurgerade auf den Einschnitt zu, um sich im letzten Moment scharf zurückzuwenden. Nach einer breit geschwungenen Rechtskurve lief sie wiederum geradlinig auf die gut dreihundert Meter entfernt liegenden Gebäude des Museumdorfes zu. Vor den ersten Häusern war ein Parkplatz angelegt, auf dem - Paul zählte nach - derzeit siebzehn Fahrzeuge standen. Selbst wenn man die Autos der in der Anlage Beschäftigten abzog, ließ der Rest auf verblüffend viele Besucher in dieser abgelegenen Gegend schließen.

Gründlich sah er sich um. Der Wald war hinter ihnen zurück geblieben und stieg seitlich des Tales die Bergflanken hoch. Das Tal selbst war überwiegend mit Gras und einigen niedrigen Büschen bewachsen. Von den einst sicherlich zur Versorgung der Bewohner vorhandenen Gärten und Feldern waren lediglich kümmerliche Reste - vermutlich zu Schauzwecken - im engen Umkreis der Häuser zu erblicken.

Auch wenn das Tal friedlich im hellen Sonnenschein lag, Paul war es nicht geheuer. Allerdings stand er mit seinem Empfinden recht allein da, wie er den begeisterten Ausrufen der Hexen entnahm. Alexej und Petrov schwiegen wie gewohnt, keine Regungen erkennen lassend, während ihn Madeleine aus schmalen Augen prüfend musterte. Sie schien sein Unbehagen zu spüren.

»Komm, Paul! Alles in Ordnung! Fahren wir weiter!«

Keine drei Minuten später gelangten sie an ihrem Ziel an. Paul begleitete die vier Frauen, indessen Alexej und Petrov bei ihrem jeweiligen Fahrzeug blieben.

Zielstrebig liefen die Damen auf die Kirche zu, Paul folgte langsam nach. Als er in das geheimnisvolle, kühle Halbdunkel eintrat, hörte er bereits Rufe des Entzückens von Seiten der Hexen. Madeleine saß auf einer der hinteren Bänke und sah dem begeisterten Treiben ihrer Freundinnen gelassen zu.

Auf den ersten Blick erkannte Paul die Ursache für deren Euphorie: ein im Boden vor dem Altar eingelassenes, gut sechs Meter durchmessendes Pentagramm. Sylvaine hielt das aufgeschlagene Grimoire in der Hand, während Diane und Celine die darin aufgezeichneten die Symbole eifrig mit denen auf dem Fünfeck im Steinboden verglichen.

Als sich deren Hochstimmung nach einigen Minuten legte, kamen sie zufrieden strahlend heran.

»Stell dir vor, Madeleine! Hier, im Pentagramm kann jede von uns das Grimoire öffnen. Auch die verborgenen Seiten erscheinen! Toll, nicht wahr?«

Madeleine hielt das für eine gute Nachricht. Endlich war sie das verdammte Buch los und die blöden Hexen würden sie in Ruhe lassen. Fein, sehr fein! Ab sofort konnte sie sich wieder den wichtigen Fragen des Lebens widmen: woher schnell einen ausdauernden, gut bestückten Liebhaber herbekommen?

Als sie höflich zum Ausdruck brachte, dass sie nach vorliegender Sachlage nicht mehr gebraucht wurde, blickte sie in betroffene Gesichter.

»Aber Madeleine! Wir dachten, dass du am Ritual teilnimmst und die Beschwörungen aussprichst!«

Laut lachte sie auf:

»Kommt überhaupt nicht in Frage! Ich habe wegen des Buches inzwischen viel Zeit verloren, sodass für mich ab sofort endgültig Schluss ist! Eure Leidenschaft ist die Zauberei, meine erstreckt sich auf andere Ziele!«

Lüstern betrachtete sie Sylvaines Figur und dachte: ›Wie wäre es mit der?‹ Zum Glück sah niemand ihren verlangenden Blick. Versöhnlich setzte sie hinzu:

»Kommt mit nach draußen! Hier ist es mir zu kalt und zu unheimlich! Lasst uns einen Kaffee trinken und eine Kleinigkeit essen!«

Als sie sich abwandte, vermeinte sie einen Herzschlag lang unter der Tür zum Turm einen

Schatten zu sehen. Ein in eine Mönchskutte gehülltes Skelett, welches ihr enttäuscht nachsah. Erschrocken fuhr sie sich über die Augen, doch da war nichts, absolut nichts! Höchste Zeit hier herauszukommen! Nein, Zauberei und Magie war wirklich nichts für sie! Das dumme Gerede der drei Hexen war anscheinend ansteckend, wenn sie jetzt schon am helllichten Tag Gespenster sah! Nichts wie weg!

Als sie in den warmen Sonnenschein hinaus traten, war der Spuk gleich darauf vergessen.

Berthold hingegen verstand die Welt nicht. Wieso hatte ihn die eine Frau kurzzeitig schemenhaft sehen können, indessen die angeblich echten Hexen ihn nicht wahrnahmen? Seltsam, sehr seltsam!

Woher sollte er auch ahnen, dass Madeleine, als Teufelsbuhlin, von diesem absichtlich, ohne dass sie es wusste, in sehr geringem Umfang magische Kräfte übertragen bekommen hatte? Ansonsten wäre sie nämlich nicht in der Lage gewesen, wie vom Höllenfürst geplant und gewünscht, das Grimoire zu öffnen.

Gedankenvoll zog Berthold sich in seinen bequemen Sarg zurück. Eines war klar: Bald würden sie wiederkommen, zumindest einige von ihnen, und danach durfte er wieder die Glocke läuten! Er freute sich sehr darauf, denn allzu lange hatte die Glocke seiner Ansicht nach geschwiegen!

*

Ecevít schnaubte vor Wut!

Açılay Manyas, diese elende Schlampe, diese verfluchte Hure! Sie war sein Mädchen! Die Tochter einer befreundeten Familie gehörte ihm, nur ihm! Seit er sie sah, begehrte er sie.

Niemand außer ihm besaß ein Anrecht auf sie! Er wollte sie und daher durfte kein anderer sie bekommen! Bei seiner Ehre!

Nicht, dass er ein Recht auf Açilay hatte. Was kümmerte ihn das? Er verkündete lauthals, dass er sie beanspruchte und kein Mensch wagte ihm zu widersprechen, auch niemand aus Açilays Familie. Deren Vater und Bruder? Die wurden sowieso nicht lange gefragt. Seine Sippe - die Demirels, weit und breit bekannt und gefürchtet! - war es seit vielen Jahren gewohnt, rücksichtslos über andere zu bestimmen. Er selbst hielt sich für den Allergrößten. Ob abgebrochener Schulabschluss in Deutschland sowie eine fehlende Berufsausbildung, ob höchstens bruchstückhaft die Sprache des Landes beherrschend, für ihn war dies alles unwichtig! Im Kreise seiner türkischen Freunde und Bekannten hatte er das Sagen, gab ausschließlich er den Ton an.

Auf einem seiner Handys - er brauchte stets drei, schließlich stellte er einen bedeutenden Mann dar! - erhielt er eine kurze SMS, welche ihm mitteilte, dass Açilay mit einem deutschen Bekannten einen Ausflug unternahm.

Dieser verfluchte Ungläubige! Was für eine Schmach für ihn! Er würde die Schlampe vor allen Augen vergewaltigen und ihr danach genussvoll den Hals umdrehen. Ihr Freund? Der würde dabei zusehen müssen, ehe sie ihn anschließend totschlugen!

Sie, das waren er und seine drei Brüder, Manço, Hazim und Uçhan. Keine fünf Minuten nach Erhalt der Botschaft hatte er sie zusammengetrommelt. Als zukünftiges Familienoberhaupt gab es für ihn natürlich nur ein standesgemäßes Auto, ein geländegängiges Fahrzeug, ein SUV, der gehobenen Klasse!

Hazim, sein jüngster Bruder konnte endlich zeigen, wofür er gut war. Açilay, die dumme Hure, hatte vergessen ihr Handy abzuschalten! Mit dem Laptop auf dem Schoß, über sein Handy mit dem Internet verbunden, ließ sich mit Hilfe eines Trackingprogrammes vom Rücksitz des SUV aus die Spur des Paares leicht ausfindig machen. Umgehend nahm Ecevít die Verfolgung auf. Er kannte nur ein Ziel: Rache! Der dunkle Fleck auf dem Schild seiner Ehre konnte ausschließlich mit Blut abgewaschen werden!

Unbeherrscht trat er das Gaspedal durch. Laut heulte der Motor auf, nahezu zweihundert PS freisetzend. Dank ESP hielt sich der Wagen ohne durchdrehende Reifen auf dem Asphaltband der Straße und schoss aufheulend vorwärts.

*

Açilay weinte leise.

Seit sie die hasserfüllte, von Todesdrohungen gespickte SMS erhielt, verspürte sie Angst, Todesangst!

Werner, ihr Bekannter, nahm sie tröstend in den Arm. Umgehend schaltete er ihr Handy ab. Dennoch war ihm klar, dass der bösartige Türke, sie bereits geortet hatte und sich auf dem Weg zu ihnen befand. Er kannte den Kerl überhaupt nicht. Açilay verschwieg ihm bisher, dass dieser hinterhältige Typ selbstherrlich, unberechtigt und aus ihrer Sicht grundlos Anspruch auf sie erhob.

Dabei wollte Werner mit ihr - gänzlich harmlos! - einen Ausflug zu der Siedlung mit den liebevoll restaurierten Häusern des winzigen Museumsdorfes unternehmen. Mit einem durchgeknallten Türken hatte er allerdings nicht gerechnet!

Hier ging es um schwerwiegendere Dinge, als um eine Tracht Prügel. Das konnte gewaltig ins Auge gehen. Schnell legten sie letzte Strecke zu dem Dorf zurück und hielten vor dem Kiosk.

»Bitte dringend ein Telefon! Wir werden von einem irren Türken verfolgt, der uns bedroht, ein paar Leute bei sich hat und uns beide umbringen will!«

Die Pächterin, eine resolute Frau mittleren Alters, rief umgehend selbst den nächsten Polizeiposten an.

»Hallo, Josef! Ich bin's, Gerda! Kommt sofort, besser noch schneller, zu uns hoch! Da will ein verrückter Kerl, vermutlich aus Gründen der eingebildeten Ehre, ein junges Mädchen umbringen! Beeilt euch, verdammt noch mal!«

Josef zögert keine Sekunde. Vor gut einer Minute war ein Offroader mit deutlich überhöhtem Tempo durch das kleine Städtchen gerast. Nicht einmal die Nummer des Fahrzeugs konnten sie aufnehmen. Während sie noch überlegten, ob sie dem Idioten nachfahren und zur Rede stellen sollten, kam Gerdas Anruf. Danach war die Sache klar.

»Erwin! Kurt! Schnell! Wie müssen los! Hoch zum alten Museumsdorf! Erwin, du fährst! Hole aus der Karre raus was geht! Blaulicht und Martinshorn!«

Während sie in Richtung des Hochtales losfuhren, ließ sich Josef mit den Kollegen von der Kripo in der nahen Kreisstadt verbinden. Kurz schilderte er die Lage, zumindest, soweit er sie kannte.

»In Ordnung!« Der Kommissar begriff sogleich. »Ich werde trotzdem nie verstehen, warum sich solche Deppen immer wieder mit ihren mittelalterlichen Gebräuchen in Deutschland wie in einer rechtsfreien Zone benehmen! Egal! Seht zu, dass ihr die Kerle rechtzeitig erwischt, bevor ein Unglück geschieht! Sofort festnehmen und alle Handys zur Beweissicherung einsammeln! Wir folgen euch schnellstens nach!«

Josef legte auf und sah mit ernstem Gesicht zu Erwin hin und äußerte:

»Hoffentlich kommen wir noch früh genug!«

*

Berthold fühlte sich glücklich!

Nicht nur, dass er mit den durch die Klamm hochsteigenden Nebelwolken spielen durfte, nein, sein Vertragspartner unterbreitete ihm zudem einen ausgezeichneten Vorschlag. Im Glockenstuhl stehend, von dort aus hatte er freie Sicht, dirigierte er mit kindlicher Begeisterung die Nebelfetzen.

Er ballte sie dicht zu beiden Seiten von dem die Kuppe ins Dorf herunterführenden Weg, sodass kein Blick nach rechts oder links den Nebel durchdringen konnte. Heimtückischerweise leiteten sie über die Kurve hinweg geradeaus. Gerade mal ein paar Meter. Das genügte für seinen Zweck. Die von ihm geschaffene Illusion wirkte nahezu perfekt!

Sein Partner versprach ihm dafür eine Kleinigkeit. Natürlich war er Feuer und Flamme, schließlich war es sein höchstes Vergnügen, die Glocke zu läuten.

Auf der Höhe tauchte ein schwarzer Schatten auf. Gespannt verfolgte Berthold das Geschehen.

*

»Ihr beide begebt euch am besten gleich in unsere Kirche! Gunter geht mit! Legt von innen die Sperrbalken vor! Gunter, du schließt von außen ab! Das dürfte die Angreifer hoffentlich aufhalten, wenigstens so lange, bis tatkräftige Hilfe eintrifft!«

Gerda schob das Paar in Richtung des Gotteshauses. Gunter lief voran.

Als die beiden im Inneren verschwanden, er das Geräusch der einrastenden Innenriegel hörte, sperrt er von außen sorgfältig das alte Schloss zu.

Danach beeilte er sich, wegzukommen. Niemand sollte ihn sehen und mit dem Schlüssel erwischen!

Leise vor sich hinschluchzend saß Açilay in der ersten Bankreihe, vertrauensvoll an Werner gelehnt. Der sah sich nachdenklich um.

Mildes Dämmerlicht, ein kleiner Altar, in einer Nische eine lebensgroße Marienstatue und ein seltsames Muster auf dem Steinboden. Der Raum strahlte eine tiefe Ruhe und Frieden aus. Langsam übertrug sich dies auf Açilay. Sie hörte zu weinen auf. Mit bangen Herzen lauschte sie den von Außen hereindringenden Geräuschen. Anschließend dachte sie über ihr Verhältnis zu Werner nach. Ein Freund, bisher nur ein guter Bekannter. Sie waren kein Liebespaar. Wenn sie heil aus der Sache herauskamen, musste sie dringend mit Werner darüber reden. Auch wenn sie es sich bisher nicht eingestand, sie liebte ihn. Dabei es war ihr völlig gleichgültig, was ihre feige Sippe, die sie gegen Ecevít im Stich ließ, davon hielt.

Unversehens horchte sie auf. Ein aufheulender Motor, ein berstendes Krachen, danach Totenstille! Polizeisirenen, welche kurz darauf erloschen.

Nach Minuten bangen Wartens, dem Geräusch sich nähernden Autos, dem Klang durcheinander redender Stimmen, klopfte es an die Tür, ein Schlüssel drehte sich im Schloss.

»Ich bin's, Gunter! Kommt bitte heraus! Es ist vorbei!«

*

»Verfluchter Nebel!«

Ecevít zögert kurz, bremste den Wagen ab und hielt an. Suchend überflog sein Blick das brodelnde Nebelmeer. In einiger Entfernung ragte die Spitze eines Kirchturms daraus hervor! Gut! Garantiert hatten sie sich dort verkrochen! Als ob deren falscher Gott ihnen helfen würde.

Allah war mit ihm und seiner gerechten Sache!

Vor ihnen bildete sich in dem Grau eine scharf ausgeprägte Gasse. Der warme Asphalt verhinderte anscheinend, dass sich über der Straße eine zusammenhängende Nebelschicht ausbreitete. Nur ein paar wenige, durchscheinende Schwaden waberten in geringer Höhe quer über die Fahrbahn!

Höhnisch grinsend fuhr er an, dabei zugleich kräftig beschleunigend. Immer schön geradeaus.

Ein kurzes Scheppern - verdammt! Über was war er da gerade gefahren? -, ein Rumpeln wie von einem holprigen Weg herrührend und danach ein sanftes Schweben ...

Der Nebel lichtete sich schlagartig. Vor ihnen, da war gar nichts, nur freie Luft!

Ein erwartungsvoll lächelndes Gesicht, ansprechend, faszinierend und abstoßend zugleich.

»Iblis! Der Şeytan!«

Hazim, auf dem Beifahrersitz, schrie diese Worte in höchsten Tönen. Ecevít war zu keiner Reaktion mehr fähig. In extremer Zeitlupe senkte sich die Front des Fahrzeugs tiefer. Ein klarer, rasch dahin fließender Bach stand unvermittelt vor der Scheibe. Als Ecevít erkannte, dass sie senkrecht aus der Höhe auf den felsigen Bachgrund zustürzten, war sein letzter Gedanke auf dieser Welt: ›Allah war nicht auf meiner Seite! Dies ist der kürzeste Weg in die Cehennem!

*

Den Männern im Streifenwagen gefror das Blut in den Adern.

Das von ihnen gesuchte Fahrzeug krachte, ohne zu bremsen, ohne ein Ausweichmanöver zu versuchen, durch die mit Katzenaugen gekennzeichnete Holzleitplanke und donnerte stur geradeaus über die Felswand. Unglaublich! Dazu noch bei guter Sicht. Die wenigen Nebelstreifen zählten nicht.

Mit eingeschalteten Warnlichtern sicherten sie die Unfallstelle, um nachfolgende Fahrzeuge zu warnen.

Hauptwachtmeister Josef Körner, der Streifenführer, ging vorsichtig zur Abbruchkante. Derart steil, wie er zuerst befürchtet hatte, fiel die Böschung nicht ab. Da das verunglückte Fahrzeug andererseits weit hinausgeschossen war ...

Im ersten Augenblick dachte er, dass ein Spuk ihn narrte. Von dem Geländewagen keine Spur! Bis er weiter unten, am Beginn der Schlucht, eine dunkle Masse entdeckte, welche durch die von ihr angestauten Wassermassen soeben in die Klamm gedrückt wurde.

Hier kam jede Hilfe zu spät! Nach menschlichem Ermessen konnte niemand den Aufprall aus über zwanzig Metern Höhe überlebt haben. Nach dem zusätzlichen Sturz durch die Engstelle gab es endgültig keine Hoffnung mehr. Schweigend ging er zurück zum Streifenwagen, ergriff das Mikrofon.

»Schickt bitte ein Bergefahrzeug! Ein mit mehreren Personen besetzter Wagen ist im Hochtal in den Bach gestürzt und wurde soeben durch die Felsenenge in die Schlucht gespült. Ich weiß nicht, wie viele in dem Fahrzeug waren, aber es ist mit Toten zu rechnen! Informiert umgehend die Spurensicherung! Danke!«

Und an seine Männer gewandt:

»Wir lassen die Warndreiecke und -lampen stehen und sehen nach, was im Tal los ist! Gerda sprach von einem Paar, welches verfolgt wurde. Denen tut keiner mehr was an!«

*

Açilay und Werner saßen in einem Nebenraum des Tagescafés.

Ein Beamter der Kripo, er stellte sich als Hauptkommissar Jürgen Herp vor, nahm ihre Daten auf und berichtete:

»Wir haben inzwischen die Handydaten grob ausgewertet. Sie wurden eindeutig von Ecevít Demirel und seinen drei Brüdern in bösartiger Absicht verfolgt! Die SMS-Botschaften und Drohungen kamen zweifelsohne von deren Handys. Die Männer hatten nichts Gutes mit Ihnen vor, wer weiß, was dieser Ecevit in seinem Wahn mit Ihnen angestellt hätte! Zum Glück griff eine höhere Macht zu ihren Gunsten ein! Sie brauchen sich keine Sorgen mehr zu machen!«

Der Mann schwieg kurz, danach fügte er hinzu:

»Wenn ich Ihnen sonst noch helfen kann?«

»Nein, nein!«, Açilay lächelte schüchtern und erleichtert zugleich, »Das wird nicht notwendig sein! Ecevít verdiente sein Schicksal! Niemand wird ihm nachtrauern, viele werden befreit aufatmen, dass dieser rücksichtslose Kerl keinen mehr terrorisieren kann! Seine niederträchtige Familie wird nach dem Tod ihrer vier gewalttätigen Söhne kaum noch Schaden anrichten können!«

Und Werner fügte hinzu:

»Açilay ist längst volljährig! Ich werde sie vorläufig mit zu meinen Eltern nehmen, bis alles mit ihrer Familie geklärt ist! Sie mag ihren Vater nicht mehr besonders, seit dieser Ecevít nicht in seine Schranken verwiesen, sondern feige zur Seite gesehen hat!«

Nach einer kurzen Pause.

»Ich habe ebenfalls gute Freunde! Die werden ab sofort ihrerseits ein wenig auf Açilay mit aufpassen!«

Danach lächelte er zufrieden:

»Wenn ich meine bisherige nur gute Bekannte vorhin richtig verstand, steht einer Verlobung mit ihr nichts mehr im Wege!«

Überglücklich fiel ihm Açilay um den Hals, ihn zum ersten Male liebevoll küssend.

Werner fand dies schön. Daran konnte er sich gewöhnen!

*

Ein guter Tag heute!

Sein Partner war mit der von ihm erzeugten Illusion überaus zufrieden. Es gefiel ihm sehr, zumal er gerne mit dem Nebel spielte. Der war immer schön weich und angenehm kühl. Um Mitternacht würde die Glocke zwölf Mal schlagen. Im Morgengrauen kamen noch weitere vier Schläge hinzu.

Befriedigt rieb sich das wie üblich in seine alte Kutte gehüllte Skelett die knochigen Hände. Wirklich, ein erfolgreicher Tag!

*

Mit langen Gesichtern verließen sie Madeleines Villa.

Mit all ihrer Überredungskunst, Überzeugungskraft und vielen Schmeicheleien versuchten sie, Madeleine zu bewegen, bei dem demnächst stattfindenden Ritual die Formeln vorzulesen.

Beinahe hätten sie es geschafft, leider eben nur beinahe. Danach kam dummerweise Paul hinzu - der Teufel sollte ihn holen! Sobald sie die erwünschte Macht besaßen, würden sie es dem gründlich heimzahlen! - und stimmte die bereits in ihrer Meinung schwankend gewordene Madeleine um.

»Monsieur de Brion ist nicht erfreut, dass Sie seine Frau in diesen lächerlichen Blödsinn hineinziehen wollen. Ihr törichtes Getue, ihre eingebildeten Kräfte sind barer Unsinn. Wo ist denn all Ihre damit erworbene Macht und unermesslicher Reichtum? Sie besitzen nichts, nicht das Geringste an magischer Macht um irgendetwas Übernatürliches zu bewirken. Monsieur de Brion hält Euch samt dem Rest eures Zirkels für harmlose Närrinnen, denen er ihren Spaß gönnt, dem ungeachtet, mehr nicht! Er wünscht keineswegs, dass Madame mit ihrem kindischen Treiben in Verbindung gebracht wird! Sie haben ab sofort Hausverbot! Sollten Sie Madame in irgendeiner Form weiterhin belästigen, werden wir dies mit vernünftig erklärbaren Methoden unserer realen Welt gründlich unterbinden! Aber«, fügte er höhnisch lächelnd hinzu, »als erfolgreiche Magierinnen werden Sie sich dagegen leicht zu schützen wissen und Elend und Verdammnis über uns kommen lassen! Monsieur meint, ihre Flüche sind sicherlich kaum wirkungsvoller als die unserer geschäftlichen Konkurrenz! Und mit denen leben wir schon lange!«

Ohne den düpiert dasitzend Hexen einen Blick zu gönnen, ging er. Madeleine setzte in faunischem Plauderton noch einen drauf:

»Ihr solltet jetzt ebenfalls gehen. Und im Vertrauen: Ich habe Liebestränke nicht nötig! Statt eurer Potenzmittelchen setzen meine Bekannten lieber auf Cialis und Viagra. Das half denen bisher immer! Todsicher!«

Sie bemerkte die hasserfüllten Blicke der drei Hexen wohl, dessen ungeachtet ließ sie das kalt. Um mögliche zukünftige Probleme würden sich Paul, Petrov und Alexej kümmern. Bei Bedarf kamen deren Freunde hinzu. Kein Grund zur Sorge!

Schade war nur, dass damit aus einer intimen Stunde mit Sylvaine nichts wurde. Anderseits, es gab genügend Männer. Vielleicht sollte sie trotzdem demnächst ein einschlägiges Frauenlokal aufsuchen? Nur so zur Probe?

*

Rache schnaubend, stinksauer, wütend und tief gekränkt berichteten sie der Oberhexe von Madeleines und Pauls entwürdigendem Verhalten und deren demütigenden Äußerungen! Sie konnten sich kaum beruhigen.

Nun, der Alten war dies durchaus recht, hatte sie es doch insgeheim schwer gewurmt, dass sie das Grimoire erst öffnen konnten, nachdem sie mit diesem am Ort des vorgesehen Rituals gewesen waren.

Na, ja, völlig richtig war das nicht. Bisher waren einzig Diane, Celine und Madeleine dazu in der Lage. Was hieß, dass sie ebenfalls umgehend dorthin wollte! Es blieb ihnen nicht mehr viel Zeit. In zwei Wochen, bei Neumond, in einer finstern, pechschwarzen Nacht, musste die Beschwörung abgehalten werden. Oder es ging erst in einem Jahr wieder.

Die Geduld, ein weiteres Jahr zu warten, um sich möglicherweise besser darauf vorzubereiten, brachten sie nicht auf. Jetzt oder nie!

»Beruhigt Euch! In wenigen Tagen vollziehen wir das Ritual! Mit der Macht der Dämonen, denen wir den Weg in unsere Welt bahnen, die wir dann beherrschen und anleiten werden, ist es ein Leichtes an all den Lästerern grausame Rache zu üben! Bis dahin, geduldet Euch!«

Die Vorfreude auf die demnächst erfolgende Vergeltung überwog ihre Verärgerung. Gut! So sollte es denn sein!

*

Neumondnacht!

Niemand außer ihnen war in dem kleinen Dorf. Dreizehn Hexen, genau die vom Ritual vorgeschriebene Anzahl an Personen.

Streng hielten sie sich an die Anweisungen und Skizzen des Grimoires.

Ihre Kleidung bestand aus flachen Sandalen und langen, samtenen, scharlachroten Umhängen mit Kapuzen, ohne Knöpfe oder Reißverschlüsse, nur mit einem einfachen Gürtel versehen. Darunter waren sie nackt. Alle hatten sich den Schoß gründlich rasiert, danach ausgiebig gebadet und geduscht sowie sich mit allerlei wohlriechenden Essenzen eingerieben.

Wie eine Frau, die in glühendem Verlangen ihren Liebhaber erwartet. Sie, die zukünftigen Dienerinnen des mächtigen Fürsten der Schwarzen Magie ...

Als sich die Damen gemeinsam entkleideten und in die vorbereiteten Umhänge schlüpften, konnte sich Sylvaine einen boshaften Gedanken nicht verkneifen:

›Dreizehn sorgfältig eingeölte Babymösen und, was vor allem die Oberhexe sowie ihre beiden Nebenhexen anbetrifft, jede Menge faltige, schlaf herabhängende Brüste, gnadenlos das wahre Alter preisgebend. Von dem angesammelten Speck an Bauch, Hüften und Hintern ganz zu schweigen! Also, mit deren Figur lockten die wohl kaum einen Dämon hinter dem Ofen hervor!‹

Kritisch musterte sie ihre Hexenschwestern. Keine drei konnten eine einigermaßen passable Figur vorweisen. Wobei ihre eigene der Idealform sicherlich am nahesten kam! Selbstverständlich bemerkte sie von Anfang an Madeleines prüfend begehrliche Blicke und übersah diese gekonnt. Sex mit Frauen? Bisher nein und erst recht nicht mit dieser alten, großbusigen Schlampe! Sie selbst besaß ästhetisch geformte, feste Apfelbrüste, dem klassischen Ideal entsprechend, und keinen solchen Schwabbelbusen wie die hochnäsige Madame de Brion! Was die Männer an der fanden? Na, ja, Männer halt! Dumm, sexgeil und primitiv! Nicht ihr Niveau.

Aber heute Nacht noch, nachher, würde sie Sex bekommen, wie ihn bisher noch keine Frau vor ihr gehabt hatte! Bei Ihrer Figur war garantiert sie die Auserwählte! Allein dafür hatte sie sich aufgehoben!

Anscheinend war sie die Einzige, die solche ketzerischen Gedanken hegte. Die anderen waren vom zukünftigen Geschehen vollständig in den Bann gezogen und arbeiten eifrig an der Vorbereitung des Rituals mit.

Das Pentagramm musste freigeräumt werden, was beispielsweise hieß, die ersten vier Reihen der Kirchenbänke zu entfernen. Vor ein paar Tagen hatten sie sich gründlich umgesehen und waren darauf vorbereitet.

Anschließend wurden die Stellen markiert, an der die Schalen mit schwimmenden Kerzen aufgestellt werden mussten sowie die Positionen der Hexen markiert. Zwölf von ihnen bildeten einen perfekten Kreis, indessen die Position der dreizehnten vor einem kleinen Stehpult eingenommen wurde, auf welches das Grimoire kam. Natürlich hatte die Oberhexe das Recht, die Beschwörungen zu lesen, für sich beansprucht. Sicherlich in der Erwartung, danach die größte Macht übertragen zu bekommen.

Nun, sie würden es bald sehen!

Kurz nach 11 Uhr in der Nacht waren sie mit allen Vorbereitungen fertig.

Die Utensilien und der Zierrat waren ausgerichtet, die außerhalb des Kreises stehenden Kerzen brannten ruhig, ohne zu flackern, jederzeit zum Anzünden der endgültigen Rituallichter bereit. Probehalber stellte sich jede der Hexen auf ihren Platz. Das klappte wie vorgesehen auf Anhieb.

Wirklich hervorragend! Jetzt hieß es nur noch, geduldig zu warten. Fünf Minuten vor Mitternacht sollten sie sich auf ihre Plätze stellen. War alles in Ordnung, der genaue Tag, die richtige Zeit, würde die Glocke zwölf Mal schlagen.

Allerdings warnte das Grimoire nachdrücklich davor, in die Sakristei zu gehen und nach dem Glöckner zu sehen! Es war unter Androhung übelster

Strafen verboten, das Kirchenschiff zu verlassen und der Neugier nachzugeben.

Leise flüsternd, in Gedanken bereits weit in der Zukunft, unermessliche Schätze zählend, gewaltige Macht ausübend, warteten sie scheinbar gelassen ihre Zeit ab. Nur ihr schnelles, hastiges Atmen verriet, dass es mit ihrer äußerlich gezeigten Ruhe nicht weit her war. Die Anspannung hatte sie erfasst, die Aufregung ergriffen.

Alsbald war es so weit: Sie konnten die Früchte ihrer jahrelangen Mühen ernten, ihr Schaffen krönen!

Die Oberhexe erhob sich, trat ans Pult und gab das Zeichen zum Anzünden der Lichter. Schweigend, reihten sie sich auf.

Die vielen Kerzenlichtlein erhellten die Kirche mit ihrem milden, warmen Schein, indessen draußen finstere Nacht herrschte. Erschrocken und gleichzeitig erleichtert, fuhren sie zusammen. Die Glocke erklang! Überlaut, dröhnend, unüberhörbar. Sie hatten alles richtig gemacht! Das Ritual konnte durchgeführt werden! Gebannt sahen sie zu, wie die Oberhexe demonstrativ langsam das Grimoire aufschlug. Gleich würde die Anrufung beginnen.

Zuversichtlich erwarteten sie den zwölften Glockenschlag.

*

In teuflischer Vorfreude griffen die Knochenfinger nach dem Seil und umfassten es fest.

Dies würde ein Höhepunkt seiner Laufbahn werden! Derart viele Opfer! Und alle so unendlich dumm! Freiwillig boten sie sich an, verlockenden, trügerischen Worten eines Buches glaubend, ohne zu verstehen, was sie taten.

Hatten sie denn nicht gründlich gelesen, was im Grimoire wirklich stand, oder waren sie nur dermaßen verblendet? In ihren Gelüsten und ihrem Wahn deuteten sie in die Texte all ihre menschlichen Begehren, Besessenheit, Leidenschaften und Wünsche hinein! Ohne zu erfassen, dass diese ihnen nie versprochen wurden, sondern sie sich in ihrer Einbildung, ihrer Phantasie und ihren Illusionen freiwillig Lug und Trug hingaben, dabei sich dem Teufel ohne jegliche Gegenleistung unterwarfen?

Nun denn! Wenn sie so hirnverbrannt waren, so abgrundtief böse sein wollten, verdienten sie es nicht anders!

Egal was geschehen würde, im Morgengrauen durfte er nochmals läuten! Sein Partner hatte es ihm fest zugesagt. Er zweifelte nicht an dessen Versprechungen, denn bisher hielt der sich stets genauestens an den mit Blut unterzeichneten Pakt.

Berthold war's zufrieden. Und die Hexen? Nicht einen mitleidigen Gedanken verschwendete an diese Verblendeten. Sie hatten ihr Schicksal selbst gewählt, nein, sie würden es sogar in den nächsten Minuten herbeirufen und erzwingen!

Nicht seine Angelegenheit!

*

Mit volltönender Stimme, welche im Kirchenschiff geheimnisvoll widerhallte, begann die Oberhexe nach dem zwölften Glockenton mit der einleitenden Beschwörungsformel:

»Vos invocamus, o vires tenebrarum! Vos adjuramus! Aures nobis praebeatis, in nomine summi magistri, Luciferi maximi. Mitte nobis Azraelem, tuum proprium ministrum. O spiriti naturae rerum, o vis terrae et aeris, o vis aquarum et ignis, auxilium ferte, ut eum adjuremus!«

Sekundenlang hielt sie entsetzt inne, als die Kirche von einem gewaltigen Blitz taghell ausgeleuchtet wurde. Anschließend erfolgte ein krachender Donnerschlag, welcher sie beinahe taub werden ließ. Ein außergewöhnlich heftiger Regen peitschte urplötzlich herab, kräftig gegen die Fenster platschend, laut auf das Kirchendach trommelnd.

Ein triumphierendes Lächeln glitt über das boshafte Gesicht der Oberhexe. Geschafft! Die Formeln waren also echt, denn draußen erhoben sich heulend und tobend die angerufenen Mächte der Finsternis.

Minutenlang las sie weithin hörbar aus dem Grimoire die Beschwörungsworte vor. Ein magisches Leuchten quoll aus dem Buch, floss wie träger Nebel über das Pult herab und begann das Pentagramm auszufüllen, ohne dessen Außenlinien zu überschreiten.

Das Unwetter nahm, dem Heulen und Kreischen nach zu schließen, an Heftigkeit und Stärke zu. Ununterbrochen zuckten Blitze herab, krachte der Donner, prasselte der Regen auf die Kirche.

Während die Alte ungerührt ihre endlose Aufzählung fortsetzte, beschlich die eine oder andere Mithexe eine unerklärliche Angst. Auf was ließen sie sich da ein? Sylvaine kam der unangenehme

Gedanke, dass Madeleine gut daran getan hatte, bei dieser Verrücktheit nicht mitzumachen. Für sie selbst war es zum Aussteigen fast zu spät.

Plötzlich schwieg die Alte, hob beide Arme weit hoch. Ihre Mithexen beobachteten sie genau. Beklommen verfolgten sie deren Tun. Noch war Zeit zum Abbrechen. Wenn jedoch die folgende, persönliche Anrufung ausgesprochen wurde, gab es keine Umkehr mehr. Auf Gedeih und Verderben waren sie danach an den Zauberspruch gekettet!

Aber die Oberhexe hatte sich in ihrem Wahn längst entschieden. Ohne ihren Schwestern die Gelegenheit zum Einspruch zu geben, las sie unbeirrt mit weithin hallender Stimme die endgültige Anrufung des Dieners der finsteren Mächte vor:

»*Invocamus te per tuum nomen, o Azrael, princeps tenebrarum, potens imperator noctis, dominus virum obscurarum! Invocamus et adjuramus te, o Azrael! Veni in circulum tuarum fidelium ministrarum! Te invocamus, o Azrael! Complere mentes nostras tua scientia, da nobis opis tuae. Corpora animasque nostri tibi offeremus! O Azrael! Appare nobis! Invocamus et adjuramus te! Prodi ex umbris inferorum ...!*«

Weiter kam sie nicht. Die glühenden Buchstaben verschwanden, dafür schienen inmitten des Pentagramms tiefrot leuchtende Lavaströme zu kreisen, einen Wirbel aus Feuer bildend.

Kein Laut war zu vernehmen, weder in noch außerhalb der Kirche. Die Natur hielt gespannt den Atem an.

Aus dem Lavabrei schwebte langsam eine eindrucksvolle männliche Gestalt empor! In ein herrliches Gewand gekleidet - kein König oder Kaiser hatte je ein großartigeres besessen! -, grüßte sie huldvoll lächelnd die sie erwartungsvoll betrachtenden Hexen. Bisher ahnten diese nichts von ihrem Schicksal.

»Wie ich vernahm, bietet ihr euch mir als ergebene Dienerinnen an. Ist es so?«

Sie nickten alle gleichzeitig, ihre Gewänder fallen lassend, nackt vor dem Fürsten der Finsternis niederkniend, sich schamlos anbietend.

Was für ein Erfolg! Statt einer niedrigen Kreatur erschien der Herr der Hölle höchstselbst! Wunderbar!

In der nächsten Sekunde brach um sie herum das Inferno aus! Unzählige abartige, dämonische, grauenhafte und entsetzliche Kreaturen wurden von dem Höllenloch inmitten des Pentagramms ausgespuckt und fielen über die überraschten, ahnungslosen Hexen her.

Lucifer nahm sich Sylvaine, wie sie es erwartete, persönlich vor. Er hob sie, die sie wesentlich kleiner war als er, hoch und stieß sein mächtiges Glied rücksichtslos tief in sie hinein. Sie schrie, wahnsinnig vor Schmerzen, denn dessen Geschlecht war nicht nur viel zu dick und zu lang für sie, sondern auch furchtbar heiß! Sie wurde von diesem Glied beim Eindringen zerrissen und förmlich aufgespießt, gepfählt sozusagen! Der Teufel hielt sie dabei am Po gepackt, ihre Hinterbacken weit auseinander ziehend und hatte sie sich wie eine willenlose Gummipuppe voll über sein Gemächt gezogen. Dunkelrotes Blut strömte aus ihr. Sylvaine war halb bewusstlos vor

Schmerzen. Als sie glaubte, dass sie es nicht mehr ertragen würde, folgte eine Steigerung ihrer fürchterlichen Schmerzen. Eine der höllischen Kreaturen drang rücksichtslos in ihren Hintern ein. Wieder wurde sie zerrissen. Durchdrungen von namenlosen, unerträglichen Schmerzen, welche grauenhaft peinigend ihren Unterleib durchzogen, bog sie den Kopf zurück, zu einem qualvollen Schmerzgeheul ansetzend. Sie kam nicht mehr dazu. Ein riesiger, fliegender Dämon rammte ihr seinen Pfahl tief in die Kehle. Verzweifelt versuchte sie Luft zu holen. Vergeblich! Ihr Körper zuckte konvulsisch im Todeskampf, ihren Peinigern teuflische Lust bereitend. Der Dämon in ihrem Schlund schoss seinen Samen ab. Eiskalt, literweise. Sekunden später erstickte und ertrank Sylvaine zugleich.

Wenige Minuten später ließen die Höllenkreaturen von den restlichen Hexen ab. Keine lebte mehr! Keine!

Auch wenn es ihm viel zu schnell gegangen war, er hätte Sylvaine gerne ein wenig länger genossen, so war seine Zeit leider begrenzt. Zufrieden sah er auf die langsam den Körpern der Frauen entweichenden Seelen. Wenn sie auch anfangs widerstrebten, zu entkommen suchten, konnten sie sich dennoch dem Sog, der sie geradewegs mitten durch das Pentagramm zur Hölle führte, nicht entziehen.

Punkt 1 Uhr musste er sich zurückziehen. Hätte die verdammte Oberhexe nicht schneller vorlesen können? Danach wäre für ihn und seine Geschöpfe mehr Zeit geblieben, um die Hexen zu genießen. Sei's drum! Im Jenseits konnte er sie bis zum jüngsten Tag piesacken und quälen!

In Erinnerung an die Zauberformel lachte er. Die hielten Azrael doch glatt für einen seiner Diener! Dabei war dieser Name nichts als eines seiner vielen Pseudonyme.

Genauso wie Satan, Teufel, Beelzebub, Lucifer und so weiter! Er war einmalig! Egal unter welchem Namen und in welcher Verkleidung er auftrat. Die Menschen waren wirklich zu dämlich!

Sie dichteten ihm beispielsweise auch einen Sohn an. Natürlich hatte er keinen, schließlich würde er bis zum Ende der Zeit seine Macht mit niemandem teilen. Und mit Hexen, Magiern, Zauberern, und wie sich all die Idioten nannten, schon gar nicht!

Ach, ja, eine Großmutter besaß er ebenfalls nicht!

*

Missmutig sah Berthold im Morgengrauen aus dem Glockenstuhl heraus auf die umliegende Landschaft. Dieser dämliche Teufel samt seinen geilen, hirnlosen Kreaturen!

Dank deren Idiotie - hätten sie die Seelen der blöden Hexen nicht auf eine andere Art und Weise bekommen können? - musste er auf seine geliebte Bank in der Sakristei verzichten und sich in den Glockenstuhl begeben, um von dort aus zu läuten. Immerhin war es dreizehn Mal, was ihn ein wenig tröstete.

Die Sache machte ihm so langsam keinen Spaß mehr. Wenn er jemals erneut in die Lage käme, einen Pakt zu unterzeichnen, würde er zukünftig stets auf dem gleichen, ordentlichen Arbeitsplatz bestehen!

Aber mit ihm konnte man es ja machen. Wer hörte sich schon die Beschwerden eines Skeletts an?

*

Gerda glaubte ihren Augen nicht zu trauen. Wie jeden Morgen fuhr sie früh hoch zu ihrem Kiosk und dem kleinen Café, um alles für die Besucher und die zwei, drei Leute, welche das Museumsdorf betreuten, vorzubereiten.

Maßlos überrascht hielt sie auf der Kuppe an, von der aus die durch die Enge aufsteigende Straße hinab ins Tal führte.

Zum ersten Mal war sie dankbar dafür, dass die Verwaltung ihr nicht erlaubt hatte, den kleinen Laden mitsamt dem Café inmitten in der Anlage zu errichten. Das Gebäude befand sich deutlich abgesetzt auf einer gut zehn Meter über dem Talgrund liegenden Anhöhe, an der, von ihr aus gesehen, linken Talseite.

Ihr Kiosk stand dadurch trocken auf einer schmalen Landzunge, gut einen Meter über dem Wasser!

Wasser?

Vor ihr, unter ihr, breitete sich ein großer See aus, der die Museumsanlage überflutete. Nur das Kirchendach und der obere Teil des Glockenturms ragten daraus hervor.

Ihr Blick wanderte nach rechts.

Ein Erdrutsch!

Herabgestürzte Bäume und Erde bildeten ein natürliches Hindernis, welches dem Bach den Abfluss zwischen den Felsen hindurch hinab zur Klamm versperrte und ihn dadurch viele Meter hoch anstaute.

Fassungslos, im Grunde nichts begreifend, geschockt und durcheinander, griff sie zum Handy und rief die Polizei.

»Josef?! Hör zu! Hier oben ist eine Katastrophe geschehen! Das Dorf ist in einem See verschwunden! Sperrt sofort die Zufahrt zur Klamm! Wenn das Wasser durchbricht ...!«

Ihr Blick glitt über den See. Eisiger Schreck ergriff sie. Kaum, dass sie weiter sprechen konnte. Ihre Stimme versagte ihr beinahe, als sie erschüttert begriff und stockend durchgab:

»Oh mein Gott! Sie sind tot! Alle tot! Ich ...!«

Für einen Moment war die Sonne hinter den Wolken verschwunden gewesen. Die das helle Licht spiegelnde Seefläche war dunkel geworden. Dadurch zeigte sich ihr, was dicht unter der Oberfläche lag:

Autos! Eine Reihe von Fahrzeugen stand auf dem Parkplatz. Ihre Dächer schimmerten ab und an kurz durch das Wasser.

Erschüttert ließ sie das Handy sinken.

»Gerda! Melde Dich, Gerda! Gerda ...!«

Gerda war nicht mehr in der Lage zu antworten. Geschockt, bewegungslos, saß hinter dem Steuer. Ihr Handy hatte sie fallen gelassen. Ein einziger Gedanke kreiste in ihr, während sie gelähmt, handlungsunfähig, stumm vor sich hinblickte:

›Was zum Teufel geschah in dieser Nacht?‹

*

Josef Maurer, der Polizeikommissar der nahe gelegenen Kleinstadt, handelte schnell und umsichtig.

»Sofort einen Streifenwagen hoch zum Tal! Berichtet, was ihr seht und schaut vordringlich nach Gerda! Womöglich braucht sie einen Arzt! Ein weiteres Fahrzeug sichert die Zufahrt und sperrt die Straße. Außer Einsatzfahrzeugen der Polizei, Feuerwehr und Rettungsdienste lasst ihr vorläufig niemanden durch, klar?! Stellt euch auf einer kleinen Anhöhe auf, sodass eine eventuell auftretende Flutwelle den Wagen nicht mitreißt! Gregor: Bitte sofort den Südwestfunk anrufen, die sollen umgehend auf allen Kanälen eine Warnung für folgende Orte und Gemeinden herausgeben ...!«

Danach griff er zum Telefon und alarmierte einen Bergezug der Feuerwehr, informierte diese über das zu beseitigende Hindernis oben in der Klamm. Anschließend rief er die Kollegen von der Kripo an. Gerda sprach von Toten.

Wenn dem so war ...

*

Dieses verfluchte Tal!

Es fraß Menschen! Seiner Meinung nach! Selbst ihm, einem klar denkenden, kühl und geplant handelnden, allem Aberglauben abholden Hauptkommissar der Kriminalpolizei, stellten sich beim Anblick des Sees mit der darin versunkenen Kirche die Nackenhaare auf.

Nur zu deutlich erinnerte er sich an den verunglückten Geländewagen mit den jungen Türken. Wie lange war das inzwischen her? Zwei oder drei Jahre?

Zudem verstummten die heimlich geflüsterten Gerüchte nicht:

Angeblich spukte es seit einer blutigen Untat in der kleinen, früher von einfachen Bauern bewohnten Ansiedlung. Immer wenn um Mitternacht die Glocke läutete - ohne dass ein sichtbarer Glöckner am Glockenseil zog! -, erklangen danach im Morgengrauen genau so viele Schläge, wie es Tote gab.

Außerdem gab es die Chronik von vor dem Zweiten Weltkrieg, welche von einem Dieb berichtete, der erwürgt im Glockenturm hängend aufgefunden wurde. Die Ursache dafür fand man nie heraus.

Selbst im hellen Sonnenlicht vermeinte er die Anwesenheit dunkler Mächte zu verspüren. Wie es aussah, stand er mit seinen düsteren Empfindungen jedoch allein.

Drei Stunden waren seit dem Anruf der Pächterin vergangen. Eine junge Ärztin hatte sich inzwischen der verstörten Frau angenommen und diese mit Beruhigungsmitteln vermutlich bis zum Halskragen abgefüllt. Im Moment saß sie ruhig, wenn auch recht teilnahmslos, in dem von der Feuerwehr errichteten Versorgungszelt.

Zwei Streifenwagen der örtlichen Polizei sowie drei Fahrzeuge der Spurensicherung warteten oben auf der Kuppe darauf, dass der Seespiegel weiter absank. Die Feuerwehr schickte an Sicherungsleinen hängende Männer zu dem angeschwemmten Treibgut hinab. Diese legten ein Stahlseil um leicht zu erreichende Baumstämme. Danach zog eine kräftige Motorwinde den Stamm aus der Schlucht. Auf die Höhe bezogen, hatten sie inzwischen ein gutes Drittel abgeräumt.

Dadurch verringerte sich die einerseits die Gefahr einer Flutwelle und gab andererseits den Weg zu den parkenden Fahrzeugen, allesamt Wagen der gehobenen Klasse, frei. Entgegen ihren ersten Befürchtungen waren diese verlassen. Mithilfe der Nummern konnten die Halter in kurzer Zeit ermittelt werden. Überwiegend aus dem Großraum München stammend. Die dortigen Kollegen hatten ab sofort alle Hände voll zu tun. Er beneidete sie nicht um deren Aufgabe, die Angehörigen zu benachrichtigen und zu befragen.

Es sah aus, als ob sich die Fahrer in der Nacht an diesem Ort zu einem geheimen Treffen zusammenfanden.

Sein Verdacht richtete sich auf die Kirche. Ob sie dort zu finden waren?

Knapp eine Stunde später war es so weit.

Das Wasser stand nur noch wenige Zentimeter über der höchsten Treppenstufe. Der Truppführer der Feuerwehr, zwei seiner Kollegen, eine junge Notärztin aus dem Krankenhaus und Polizeikommissar Maurer begleiteten ihn, als er die Kirche betrat.

Drinnen herrschte das Grauen!

Dreizehn nackte Frauenleichen, mit in panischer Angst weit aufgerissenen Augen und auf fürchterliche Qualen hinweisende, schmerzverzerrte Gesichter, lagen mit verrenkten, gebrochenen Gliedern kreuz und quer auf dem Boden oder zwischen den Bänken.

Mit einem Blick erkannte er, dass sie nichts mehr tun konnten. Hier kam jede Hilfe zu spät!

Die Ärztin sah sich ein paar der Toten an, ehe sie ihr vorläufiges Urteil abgab:

»Vermutlich wurden sie, als die Kirchentür überraschend unter dem Wasserdruck nachgab, in dem entstehenden Wirbel durch Tonnen von Wasser umhergeschmettert und ertranken kurz danach!«

Anschließend deutet sie auf herumliegende Umhänge und zeigte auf den Fußboden, der von der abfließenden Nässe freigegeben wurde:

»Sehen Sie, diese Kerzenreste auf dem Boden, die umgestürzten Lichter? Und dort, das Pult mit dem Buch?«

Fragend sah er sie an. Leise sprach sie weiter:

»Hier wurde ein magisches Hexenritual abgehalten! In ihrer Besessenheit bemerkten sie das aufkommende Gewitter entweder viel zu spät oder nahmen es nicht als bedrohlich wahr! Von dem entstehenden See aufgrund des Erdrutsches und den quer gestellten, verkeilten Stämmen zwischen den Felsen konnten sie nichts ahnen und wurden daher von dem schlagartig über sie hereinbrechenden Wasser überrascht!«

Wie auch immer, er sah das ähnlich. Die Spurensicherung würde die Sache anschließend rekonstruieren. Und das mit dem Ritual verwunderte ihn ebenfalls kaum. Dieser totale Quatsch war derzeit ›in‹ und vertrieb einigen frustrierten, übersättigten Frauen die Langeweile. Dieses Mal konnten sie sich über zu wenig ›Action‹ nicht beklagen.

Und an die Polizisten und seine Kollegen gewandt:

»Informiert die Rechtsmedizin! Wir brauchen dreizehn Transportsärge! Und sorgt bitte weiterhin dafür, dass hier keine neugierigen Reporter und Gaffer auftauchen!«

Bis auf ihn und die Ärztin verließen alle die Kirche. Während diese den Toten einen letzten Dienst erwies, ihnen die Augen schloss, trat er an das Pult. Interessiert besah er das darauf liegende Buch. Vor ihm lag der Zauberschinken, mit dem moderne Hexen ihren Hokuspokus durchführten.

Verblüfft fasste er den Folianten an, befühlte den Umschlag und wunderte sich. Während alles in der Kirche klatschnass war, die Dreckspuren des Schmutzes, von der Flut herbeigetragen, bis knapp unter die Decke reichten, fühlte sich das Buch unerklärlich sauber und trocken an! Als ob es nicht eine Sekunde im Wasser gelegen hätte!

Eigenartig!

Er schlug es auf und blätterte darin. Sein Blick fiel zufällig auf einen Beschwörungsspruch. Zumindest schien dies einer zu sein, wenn ihn sein Schullatein nicht täuschte.

Ohne es selbst zu bemerken unterlag er umgehend dem heimtückischen, vom Buch ausgehenden Bann.

Glühende Buchstaben tanzten vor seinen Augen, zwangen ihn, die Worte laut zu rezitieren:

»*Invocamus te per tuum nomen, o Azrael, princeps tenebrarum, potens imperator noctis, dominus ...!*«

Weiter kam er nicht, denn das Buch wurde ihm mit Gewalt aus der Hand geschlagen. In der Nähe schlug krachend ein Blitz ein, eine schwarze Wolke schob sich unversehens vor die Sonne.

Als er zu sich kam, sah er, wie die Ärztin, das verschlossene Buch mit beiden Händen krampfhaft festhaltend, wegrannte, eilends zu dem zu dem nächststehenden Feuerwehrfahrzeug hin. Langsam, wie in Trance, ging er hinterher.

Er sah nicht genau, was sie machte, noch konnte er hören, was sie mit dem Truppführer verhandelte. Nur, dass sie das Buch mitten auf den trockenen Asphalt legte und der Mann eine Flüssigkeit drüber leerte. Danach traten, bis auf die junge Frau, alle weit zurück.

Diese erhob gut zehn Herzschläge lang beide Hände hoch über ihren Kopf, sah fest in die Sonne, die wie widerwillig von der schwarzen Wolke freigegeben wurde und beugte sich zu dem Buch herab.

Im nächsten Moment sprang sie zur Seite, indessen blaugelbe Flammen den Folianten umzüngelten. Die war wohl nicht ganz dicht? Verbrannte ein bedeutsames Beweisstück!

Noch ehe er herankam - warum löschte denn keiner der Feuerwehrmänner den Brand? - trat eine schwarze Qualmwolke zwischen den Blättern hervor. Sekunden später hielten sich alle im nahen Umkreis stehenden die Ohren zu. Das Buch schrie in schrillstem Diskant, machte einen höllischen Lärm und gab ein teuflisches Kreischen von sich! Wahnsinn! Was bedeutete das?

Erst nach einigen Minuten erstarben die schauerlichen Geräusche mit einem leisen Wimmern. Das gab es doch nicht! Hatte das verdammte Ding etwa gelebt?

Nur ein paar winzige Ascheflöckchen blieben von ihm übrig, welche der Wind sofort verwehte. Auf dem Asphalt hingegen war nicht die kleinste Spur von dem Feuer zu sehen! Zauberei! Magie!

Er taumelte!

Danach schritt er zu dem Versorgungszelt. Eine Tasse extrastarken Kaffees zum Aufwachen war genau das, was er jetzt brauchte.

»Was ist geschehen? Ich glaube ich spinne! Das verdammte Ding zwang mich, laut aus ihm vorzulesen! Oh, Gott, ist mir übel! Ach, ja, wer sind Sie in Wirklichkeit, was sind Sie? Wieso taten Sie das? Woher wussten Sie, dass ...?«

Die Ärztin nahm ihn am Arm und führte ihn behutsam zu einer Bank neben dem Zelt.

»Ich heiße Simone Schmidt! Was Sie da eben in seiner Gewalt hatte, war ein ›lebendes‹ Grimoire! Seien sie froh, dass ich dies rechtzeitig erkannte! Oder Sie hätten, wie unsere dreizehn toten, schwarzmagischen Hexen, ihre Seele verloren, Herr Hauptkommissar!«

Seine Gedanken wirbelten im Kreis! Er stöhnte und übergab sich. Seine Ahnung! Sie hatte ihn nicht getrogen! Über dem Tal lag ein Fluch! Simone hatte ihn im letzten Augenblick davor bewahrt, ebenfalls ein Opfer dieses Fluches zu werden. Was in die Frage mündete: Wer war Simone wirklich?

»Der elende Fluch! Vor Jahren gab es hier schon unerklärlicherweise Tote! Seitdem hat mich dieses ungute Gefühl nicht mehr verlassen! Und heute Morgen wiederum ...!«

Der Kommissar schwieg. Danach, leise, wie geistesabwesend:

»Magie, Zauberei, Hexen! Das gibt's doch nicht! In welcher Zeit leben wir denn? Das ist derart ...!«

Ein Polizist kam heran:

»Herr Kommissar! Unten an der Absperrung drängeln sich die Reporter! Die Kollegen fragen, ob sie diese durchlassen dürfen?«

»Antwortet, dass sie die ohne gültigen Presseausweis zurückweisen sollen. Die anderen können passieren!«

Und an die ihn umstehenden Polizeibeamten gewandt:

»Riegelt die Zufahrt ab der Kuppe oben, runter zur Unglücksstelle, ab! Nicht einer der Fotografen darf das Gelände betreten, bevor die Toten nicht geborgen und ins rechtsmedizinische Institut gebracht wurden. Die Kirche wird zudem polizeilich versiegelt. Kein Zutritt für Schaulustige! Erst wenn die Spurensicherung ihre Arbeit abgeschlossen hat und die Kirche gereinigt ist, die Zeichen nicht astreiner nächtlicher Tätigkeiten entfernt sind, wird sie freigegeben. Kein Wort über irgendwelche ungewöhnlichen Rituale und in welchem Zustand wir die Frauen vorfanden, klar?! Der Ruf der Toten muss unter allen Umständen geschützt werden! Ich halte nachher eine offizielle Pressekonferenz ab!«

Danach, an seine Kripokollegen gerichtet:

»Informiert die Münchner über die Namen in den gefundenen Ausweisen! Die Wagen lassen wir abschleppen. Wir nehmen sie vorläufig in unser Gewahrsam und parken sie auf einem behördlichen Gelände. Von dort können sie später abgeholt werden. Weist bitte darauf hin, dass diese nach dem Vollbad aus eigener Kraft nicht mehr fahrbereit sind!«

Er drehte sich um und wollte sich an die Ärztin wenden. Die war inzwischen weg. Auch recht! Später war sicherlich genügend Zeit, sich mit dieser ausführlich zu unterhalten.

Schließlich fiel ihm noch eine Sache ein.

»Josef! Sei bitte so gut und informiere das für diese Kirche zuständige Pfarramt! Sie sollen, nachdem unsere Leute fertig sind, schnellstens die verräterischen Kerzen entsorgen und zudem die Kreidezeichen am Boden entfernen!«

»Wird gleich erledigt! Gute Idee, Jürgen! Es ranken sich bereits zu viele abergläubische Gerüchte um dieses Gebiet!«

Die beiden Männer kannten sich seit Langem. Und manchmal, bei kritischen, den Bereich übergreifenden Fällen und anderem, anlässlich Familienfeiern beispielsweise, trafen sie sich privat bei einem Glas Wein. Was der Zusammenarbeit gut bekam.

*

»Die bisherigen Untersuchungen ergaben klar, dass sich eine Gruppe von dreizehn Frauen aus dem Großraum München hier als Touristen aufhielt. Eine der Damen hatte vor kurzem Geburtstag. Wir gehen daher davon aus, dass sie eine kleine Party veranstalteten. Das ungewöhnlich rasch herbeiziehende Gewitter überraschte sie völlig. Deshalb suchten sie in der Kirche Zuflucht. Normalerweise durchaus vernünftig, jeder von uns hätte das Gleiche getan. Das Unwetter, nicht zum ersten Mal, verfing sich praktisch in diesem Tal und, was niemand vorhersehen konnte, löste einen Erdrutsch aus! Unglücklicherweise wurden dabei viele Baumstämme mitgerissen, welche den Abfluss zur Klamm hin blockierten! Wie Sie sehen«, der Kommissar wies auf die hochgezogenen Stämme und die weiterhin tätigen Feuerwehrleute, »bildete sich dadurch ein natürlicher Damm. Aufgrund der heftigen, sintflutartigen Regenfälle, bildete sich ein rasch ansteigender See, der die Unglücklichen in der Kirche einschloss. Die ersten Untersuchungen weisen zweifelsfrei auf Tod durch Ertrinken hin! Keine Fremdeinwirkung! Haben Sie weitere Fragen?«

»Wieso waren die Frauen nach Ende der Besuchszeit überhaupt hier anwesend? Ist das Museumsdorf nachts nicht geschlossen?«

»Die einzelnen Häuser sind zwar verschlossen, der Kiosk mit dem Café ebenfalls, das Gelände ist nicht abgesperrt! Sie können zu jeder Zeit hierher hochfahren! Selbst in der Nacht! Die Kirche ist gleichfalls nicht verriegelt, zumal sie ja bei schlechtem Wetter durchaus als Zuflucht gedacht ist. In Zukunft wird das geändert und für Wanderer eigens eine höher gelegene Schutzhütte errichtet werden!«

»Es geht das Gerücht um, dass es hier oben spukt, und zeitweise um Mitternacht die Glocke von einem Geist geläutet wird. Was sagen Sie dazu?«

Der Kommissar feixte:

»Schon möglich! Fragen Sie ihren Informanten, wenn Sie ihn wieder treffen, einmal danach, ob es ein Kirschen-, Zwetschgen- oder sonstiger Obstgeist war, der ihn die Glocke hören ließ!«

Die Reporter lachten. Der Kommissar schloss die Konferenz:

»Bitte keine weiteren Fragen mehr! Zuerst werden die Versicherungen die Schäden an und in den Anlagen prüfen. Das Gelände wird daher einige Tage lang für Privatpersonen gesperrt! Ich möchte Sie bitten, die Helfer bei den Aufräumarbeiten nicht zu behindern! Danke!«

*

13 Tote durch schweres Unwetter!

Ein örtlich überraschend aufgetretenes, heftiges Gewitter löste im Südschwarzwald einen verheerenden Erdrutsch aus. In dessen Folge entstand ein See, in dem dreizehn Frauen aus einer Münchener Touristengruppe den Tod fanden! Rätselhaft ist vor allem, warum ...!

Madeleines Hände zitterten. Sie war kaum mehr in der Lage, die Zeitung zu halten und weiter zu lesen.

Diane und ihre dämlichen Hexenschwestern erzielten anscheinend einen Teilerfolg! Die Wahnsinnigen beschworen in ihrer Dummheit ein Gewitter herauf! Nicht zu fassen!

Danach wurde ihr erst richtig bewusst, was geschehen war: Celine, Sylvaine und Diane waren tot!

Leise weinend ließ sie das Blatt sinken, welches ihr Paul gereicht hatte. Das hatte sie nicht gewollt! Niemals! Wieso war sie damals aus einer spontanen Laune heraus in den Esoterikladen gegangen und erstand das verhexte Buch?

Andererseits, woher sollte sie über dessen wahre Bedeutung Bescheid wissen? Sie hatte ja nicht einmal gewusst, dass die in ihren Augen leicht esoterisch angehauchten Freundinnen derart tief in finstere

Magie verstrickt und Mitglieder in einem zweifelhaften Hexenzirkel waren.

Paul zog Madeleine hoch und nahm tröstend sie in den Arm:

»Sie haben ihr Schicksal selbst gewählt, ja geradezu herausgefordert! Mach dir keine Vorwürfe, du kannst nichts dafür!«

Es tat ihr gut, von ihrem älteren Bruder, genau wie früher, als sie noch ein kleines Mädchen war, beschützt zu werden. Behutsam tupfte er ihr mit dem Taschentuch die Tränen ab.

»Beruhige dich, kleine Schwester! Was ich übrigens noch sagen wollte, dein Mann hat mich gebeten dir auszurichten, dass ihr heute Abend bei den Benoits eingeladen seid. Du sollst dich schick zurechtmachen! Ich fahre euch gegen 20 Uhr, geht das?«

Madeleine schniefte noch ein wenig, danach nickte sie. Die Soireen der Benoits waren stets ein interessantes Ereignis. Das würde sie ein wenig von ihren trüben Gedanken ablenken.

Was sie trotzdem ärgerte war, dass zu diesen Gesellschaften immer höchst kurzfristig eingeladen wurde. Zum Glück hatte sie für derartige Anlässe genügend passende Kleidung im Haus.

Später, im Anschluss an die Soiree, würde sie sich bei ihrem Mann im Bett ausgiebig für den schönen Abend bedanken. Vielleicht hätte sie das bisher öfters tun sollen? So übel war ihr Mann, wenn sie genau nachdachte, wirklich nicht. Und wenn sie ihm dazu noch ein paar nette Sachen beibringen konnte? Zumal es mit dem anschließend zu keinem Theater wie mit dem teuflischen Buch kommen konnte. So gut der Mann in dem Esoterikladen auch war, die sich daraus ergebenden, tragischen Folgen löschten die lustvollen Erinnerungen daran aus. Nur ein bitterer Nachgeschmack blieb. In diesem Augenblick schwur sie sich: nie mehr Hexerei oder Magie!

Ihre Überlegungen kehrten zum aktuellen Anlass zurück. Erregender Sex, diesmal mit dem eigenen Mann? Warum auch nicht? Allein schon bei dem Gedanken daran wurde ihr heiß!

*

Die kleine Kirche war bis auf den letzten Platz gefüllt. Obwohl sie zusätzliche Bänke aufgestellt, rundum Stühle an den Seiten aufgereiht hatten, musste trotzdem ein Teil der Trauergäste stehen.

Vor gut vierzehn Tagen ereignete sich hier ein schreckliches Unglück. Die Angehörigen der Frauen wollten in einem gemeinsamen Gottesdienst der Opfer gedenken, von ihnen am Ort der Tragödie Abschied nehmen.

Kommissar Herp stand bescheiden und nachdenklich im Hintergrund. Das Pfarramt hatte schnell gehandelt und die Spuren, welche auf seltsame Geschehnisse deuteten, noch am gleichen Tag gründlich beseitigt. Zu seiner Erleichterung hielten alle Beteiligten dicht und boten damit der Presse keinen Anlass zu irgendwelchen wilden Spekulationen. Gut!

Sein Blick glitt zu einer der hinteren Bankreihen. Außen am Gang, er konnte dadurch ihr Profil in Ruhe betrachten, saß die Ärztin, welche im das Buch aus der Hand gerissen und vernichtet hatte.

In der damaligen Hektik konnte er sie nicht sprechen. Seither dachte er oft an sie. Bewundernd betrachtete er ihre in einem hellen kastanienbraun glänzenden Haare, welche einen kräftigen rötlichen Schimmer aufwiesen. Ein paar niedliche Sommersprossen und eine Figur zum Träumen! Sie schien seinen Blick zu fühlen und drehte sich ihm zu. Verlegen wandte er sich ab. Es geziemte sich nicht, sie derartig anzustarren. Energisch rief er sich zur Ordnung, aber seine Gedanken schweiften immer wieder ab. Bisher machte er sich wenig aus Frauen. Wenn er mit denen zu tun hatte, geschah dies überwiegend rein dienstlich. Was selten ein Grund zur Freude war. Meist eher ein Fall für den Staatsanwalt.

»... läuten wir zum Gedenken an die Toten und zu ihren Ehren die Glocke!«

Schau an, die Trauerfeier neigte sich dem Ende zu. Über ihnen erklang eine Minute lang die Kirchenglocke, begleitet von verhaltenem Weinen und Schluchzen. Als die Töne leise verhallten, sprach der Pfarrer ein Gebet.

Seltsam! Ja geradezu unheimlich!

Als der letzte Glockenton verklang, hatte er das Gefühl, als ob der über dem Tal liegende Fluch viel von seiner Kraft verlor! Äußerst seltsam!

Andererseits, was betraf ihn das? Nichts! Ohne sich umzusehen, verließ er das Gotteshaus und schritt zu seinem Wagen.

Er wusste, dass oben bei Gerda für die Trauergäste ein kleiner Imbiss angerichtet war. Nach Essen oder Small Talk war ihm derzeit nicht zumute. Er wollte nur fort, weg von aus dem verdammten Tal und den belastenden Erinnerungen! Bevor er einsteigen konnte, legte sich eine leichte Frauenhand auf seinen Arm:

»Guten Tag, Herr Kommissar!«

Überrascht wandte er sich um. Sieh an, die Ärztin! Wie hieß sie gleich wieder? Ach, ja, Schmidt, Simone Schmidt. Fragend sah er sie an.

»Ich würde gerne mit Ihnen in Ruhe reden, Herr Kommissar. Aber nicht hier! Ich kenne ein nettes Gartenlokal in Bad Säckingen. Oder wäre Ihnen Waldshut-Tiengen lieber?«

»Nein, nein, Bad Säckingen ist schon in Ordnung. Wann?«

»Geht es übermorgen? Gegen Acht?«

In Gedanken ging er seinen Dienstplan durch. Übermorgen passte.

»Wenn Sie mir noch den Namen des Lokals verraten würden? Hier ist meine private Telefonnummer, bitte geben Sie mir ihre, bei mir weiß man nie, ob nicht irgendetwas dazwischen kommt!«

Simone lachte, ein angenehmes Lachen, wie er fand.

»Oh, bei mir kann das natürlich genauso sein. Hier meine Visitenkarte! Ich schreibe Ihnen den Namen auf die Rückseite!«

Sie reichte ihm die Karte: »Bis später, Herr Kommissar!«

*

Berthold war verblüfft!

Schau an, ›seine‹ Glocke, geläutet von Menschen anlässlich einer Gedenkfeier. Als Totenglocke!

Sollte der Pakt demnächst vielleicht ein Ende finden? Immer mit der Ruhe. Erst einmal abwarten!

Unruhig bewegte er sich in seinem Sarg. Unhörbar für die Lebenden ertönte tief in der Erde ein leises Klappern, als seine Gebeine gegen die Holzwände stießen.

*

»Eine ›Weiße Hexe‹?!?«

Ungläubig erstaunt sah er sein Gegenüber an.

Das Lokal war gut gewählt. Sauber, ordentlich und gemütlich eingerichtet.

Frau Dr. Schmidt hatte einen Tisch für zwei Personen reservieren lassen. Normalerweise war diese kleine Wirtschaft stets proppenvoll. Vermutlich verkehrte sie öfters hierher, zusammen mit ihrem Freund. Oder war sie verheiratet?

Er beneidete den Mann an ihrer Seite. Schade, doch diese schöne Frau war nicht für ihn bestimmt. Wirklich schade!

Zur Begrüßung reichte er ihr die Hand und entschuldigte sich höflich für seine Verspätung. Es gab zu wenig freie Parkplätze für Pkws in der Umgebung des Lokals. Mit dem Dienstwagen kein Problem, privat jedoch ...

Sie hatte gelächelt und ihn mit einladender Handbewegung zum Sitzen aufgefordert.

Ein Kellner reichte ihnen umgehend die Speisekarte. Ratlos sah er drein. Keine Ahnung, was empfehlenswert war. Zumal er beim Anblick von Frau Dr. Schmidt einige Mühe hatte, sich auf die Auswahl des Essens zu konzentrieren. Sie hatte sich ausnehmend entzückend zurechtgemacht, geradezu bezaubernd! Ziemlich hart für einen Junggesellen, der außerhalb seines Dienstes recht schüchtern war.

Sie schien zu bemerken, dass er nicht entscheiden konnte, was er bestellen sollte. Taktvoll machte sie daher einen Vorschlag, den er sofort erleichtert aufgriff. Gut, erste Hürde geschafft.

Das Essen benötigte einige Zeit zur Zubereitung. Die bestellten Getränke wurden hingegen umgehend serviert. Er erhob sein Glas:

»Auf Ihr Wohl, Frau Doktor!«

Sie lächelte rätselhaft, nippte an ihrem Glas setzte es ab und sah ihn ernst an.

»Oben im Tal geschahen Dinge, die Sie offensichtlich nicht verstanden! Ich möchte es Ihnen erklären. Zuerst: Ich bin eine ›Weiße Hexe‹!«

Er betrachtete sie konsterniert und wiederholte verblüfft fragend ihre Worte:

»Eine ›Weiße Hexe‹?!?«

Sie nickte.

»Ja! Wir ›Weißen Hexen‹ werden uns unserer Gaben meist recht früh bewusst. Oft ergreifen wir, wenn wir älter werden, einen Beruf, in dem unsere heilenden und helfenden Kräfte sich voll entfalten können. Psychologinnen, Ärztinnen oder beispielsweise auch Apothekerinnen und Heilpraktikerinnen. Was natürlich auf keinen Fall heißt, dass alle diese Frauen ›Weiße Hexen‹ sind. Ich schätze, es sind nicht einmal ein Promille von ihnen. Neben unserem richtigen Beruf sind wir überdurchschnittlich erfolgreich auf Gebieten, welche man allgemein als Naturmedizin bezeichnet. Wir kenne die heilende Wirkung vieler Kräuter und wenden sie in unserem Umfeld zum Wohle unserer Patienten oder Kunden an!«

Ein kleiner Schluck, eine kurze Pause, ehe sie fortfuhr, während er schweigend zuhörte.

»Weiße Hexen bilden keine ›Magischen Zirkel‹ oder Ähnliches. Wir wollen keine Macht ausüben, bloß helfen und heilen. Im Gegensatz zu uns stehen die ›Schwarzen Hexen‹ welche sich naturgemäß der ›Schwarzen Magie‹ verschrieben haben. Sie denken an nichts als den eigenen Nutzen, die eigene Machtausübung! Unsere dreizehn Frauen, allein schon die magische Zahl ›dreizehn‹ weist darauf hin, trafen sich mit dem Grimoire zu einem teuflischen Ritual, zu einer Dämonenbeschwörung! Dabei ahnten sie nicht, dass es ein ›aktives‹, oder besser gesagt, ein ›lebendes Grimoire‹ war!«

Bei seinem verständnislosen Gesichtsausdruck musste sie lachen.

»Aber Herr Kommissar, wissen Sie nicht, was ein Grimoire ist?«

Knurrend gab er zur Antwort:

»Erstens bin ich außerdienstlich hier! Kein Kommissar, bitte! Zweitens bin ich kein Hexer! Mir genügt bereits, dass ich das Gefühl habe, dass dort oben im Hochtal etwas Böses lauert! Also, Frau Doktor: Was ist ein Grimoire?«

»Ein Grimoire ist eine in magischen Kreisen allgemein übliche Bezeichnung für ein Buch mit Zauberformeln, Zaubertränken und all dem Zeugs. Normalerweise harmlos in seiner Wirkung. Ein Buch ohne eigene Zauberkräfte, geschrieben von Menschenhand. Die übernatürlichen Wunder«, sie lächelte spöttisch, »existieren nur in der Einbildung der Hexen, Magier und deren leichtgläubigen Kunden!«

Wiederum schwieg sie einige Sekunden. Danach, ernst sprechend, ihn fest ansehend:

»Angeblich, so ist es überliefert - ich hielt das bisher für unmöglich! -, gibt es auch so genannte ›lebende Grimoires‹ mit eigener magischer Macht! Ein solches Werk erstellt der Legende nach der Teufel oder ein sonstiger ranghoher Höllendämon höchstpersönlich und wirkt durch dieses hindurch auf seine Opfer ein. Um ein derartiges Buch handelte es sich hier. Es erkannte mich sofort als ›Weiße Hexe‹, eine grundsätzliche Gegnerin, und stellte sich tot! Erst als Sie, ein außerordentlich empfindlicher Mann, das Buch öffneten - nicht jeder kann dies! - versuchte es umgehend Sie zu übernehmen. Was ihm leicht gelang. Sie waren gleich darauf ›weggetreten‹, in hypnotisierten Zustand versetzt! Sozusagen in Trance gefangen! Pech für das Grimoire, dass ich es sofort erkannte und wusste, dass es in reinem Alkohol verbrannt und somit vernichtet werden kann!«

Ja glaubte diese Frau im Ernst den Unsinn, den sie ihm gerade auftischte? Andererseits, wenn er es sich recht überlegte, er war seiner Erinnerung, seinem Gefühl nach, für längere Zeit nicht mehr er selbst gewesen. Dunkle Einflüsterungen unsichtbarer Wesen und so. Verdammt! Was ging hier vor?

Gerade als er dem Spuk ein Ende machen und frustriert gehen wollte, kam das Essen. Welch ein köstlicher Duft!

Wortlos nahmen sie das ausgezeichnete Mahl zu sich, belanglose Sätze wechselnd, das Thema Magie stillschweigend ausklammernd. Er hörte ihr kaum zu, so sehr war er damit beschäftigt, das bisher Gesagte zu verarbeiten.

Beim Espresso stellte er die entscheidende Frage:

»Frau Dr. Schmidt, ich ...!«

Sie unterbrach in kurzerhand:

»Ich heiße Simone, Jürgen!« Wow, die ging aber ran! »Und bevor du dich wunderst: ›Weiße Hexen‹ und ›weiße Magier‹ duzen sich grundsätzlich!«

Total durchgeknallt! Die gehörte selber dringend zum Arzt! Oder, fragte er sich besorgt, hatte die etwa Drogen aus dem Eigenvorrat genommen? Gegen das Duzen hatte er nichts, Simone hörte sich besser an als ›Frau Doktor‹. Aber ›Weißer Magier‹? Hielt die ihn für einen ›Weißen Magier‹? Nicht zu fassen!

Er sollte es gleich erfahren.

»Ich sagte dir bereits, dass Frauen ihre Begabung recht früh erkennen, dazu stehen und sie akzeptieren! Unter den Männern gibt es als Pendant so genannte ›Weiße Magier‹, manchmal auch ›Weiße Hexer‹ genannt. Meist außerhalb der Heilberufe, nicht wie bei uns Frauen üblich, stehen sie oft an einer anderen Front im Kampf gegen das Böse. Bei der Polizei zum Beispiel! Allerdings rationalisieren Männer ihre Gaben meist gründlich weg! Kripobeamte wie du sehen ihre Erfolge niemals als besondere Gabe an, nehmen sie nicht bewusst wahr, sondern nennen sie ›Intuition‹, ›Eingebung‹, ›Bauchgefühl‹, ›Zufall‹, ›Glück‹, ›Spürnase‹ und so weiter. Manchmal, allerdings recht selten, nennen sie es spöttisch den ›Siebten Sinn‹, beziehen das nicht wirklich als echte Gabe auf sich selbst. Du, Jürgen, du hast den ›Siebten Sinn‹, bist dir dessen bisher jedoch nicht bewusst! Diese Ahnungslosigkeit nutzte das Grimoire aus!

Zum Glück«, schloss sie zufrieden, »war ich in der Nähe und konnte das Unheil rechtzeitig abwenden!«

Seine Gedanken rasten, wirbelten haltlos im Kreis herum! Was für eine verrückte Geschichte. Hilfe suchend wandte er sich an den Kellner. Im Augenblick war dringend ein kräftiger Schluck angesagt.

Simone ergriff seine Hand.

»Denk einmal nach, Jürgen! Bisher hattest du sicherlich keine längere, erfüllte Beziehung! Stets nur für kurze Zeit, nichts Ernsthaftes! Am Morgen danach, wenn es überhaupt soweit kam, nur ein schaler Geschmack, keine tiefere Bindung! Und keine Wiederholung! Du bist leer, unausgefüllt und dennoch unterbewusst stets auf der Suche! Nur, du erkennst es nicht! ›Weiße Magier‹ oder Hexen, können mit normalen Menschen nicht dauerhaft glücklich werden!«

Auch wenn es ihm nicht passte, hatte sie durchaus, wie er sich betroffen eingestand, mit ihren Ausführungen recht. Was ihm allerdings nicht weiterhalf. Im Gegenteil! Dadurch würde es für ihn zukünftig erst recht schwierig werden, eine passende Partnerin zu finden! Mist! Verdammt! Warum hatte er diesem Treffen überhaupt zugestimmt? Dämliches Hochtal! Jetzt war er noch zusätzlich verunsichert. Höchste Zeit, nach Hause zu gehen und den Unfug schnellstens vergessen! Das Tal, die Toten und Simone auch! Sollte der ihr Mann sich mit ihr und diesen Kindereien abplagen. Was hatte er damit zu tun?

Er sah sich um und winkte den Kellner zum Bezahlen heran. Nachdem er für beide die Rechnung beglich, wandte er sich zurückhaltend an Simone:

»Es war nett, Frau Doktor, mit Ihnen zu plaudern! Ich werde über ihre Worte gründlich nachdenken. Darf ich Ihnen ein Taxi rufen?«

Da er garantiert kein ›Weißer Magier‹ war, noch sonst was mit all dem idiotischen Zeugs am Hut hatte, galt das ›Du‹ nicht für ihn. Was er ihr mit seiner höflich distanzierten Anrede deutlich zu erkennen gab.

Sie standen auf und verließen das Lokal.

»Nein, nein, kein Taxi! Wenn du allerdings ein paar Minuten Zeit für einen kleinen Spaziergang hättest? Ich möchte jetzt nicht gleich nach Hause!«

Plötzlich wirkte sie unsicher, geradezu ängstlich, wie ein verschüchtertes Mädchen, das nicht weiterwusste. Gut, den Gefallen konnte er ihr gerne tun. Wenn er etwas hatte, abends jedenfalls, dann war es Zeit. Nebeneinander liefen sie in Richtung Rhein. Vor ihnen tauchte die alte, hölzerne Rheinbrücke auf, welche nur für Radfahrer und Fußgänger freigegeben war. Im wurde mulmig zumute. Links und rechts von der Brücke verlief der Rheinuferweg. Für Touristen, Fotografen und nicht zuletzt für Liebespaare!

Sie bog nach rechts, flussabwärts, auf den längeren Teil des Wegs ein. Oh, Gott, was hatte die denn vor?

Keine hundert Meter weiter war diese Frage geklärt. Sie nahm ihn an der Hand und zog ihn zu einer Bank. Dort lehnte sie sich schweigend an ihn. Wie sollte es mit ihr weitergehen? Über den Fluss hinweg leuchteten die Lichter der kleinen Schweizer Gemeinde Stein, sich lang gezogen in den Wellen spiegelnd. Ein Ausflugsdampfer mit vielen bunten Lampen und lauter Tanzmusik fuhr stromaufwärts vorüber.

Als das Schiff verschwunden war, setzte sich Simone auf. In der Dunkelheit war ihr Gesicht nichts als ein ovaler heller Fleck, der auf ihn zukam.

Und ihn verlangend küsste. Sollte das heißen, dass sie keinen Freund oder Mann hatte? Selbst in diesen Sekunden konnte er das logisch sezierende Denken eines Kommissars nicht unterdrücken.

Danach dachte er nichts mehr, sondern erwiderte Simones Küsse.

Später, viel später, es wurde recht kühl, gingen sie eng umschlungen zurück in die Stadt. Gesprochen hatten sie all die Zeit auf der Bank kaum ein Wort. Unerwartet wurde Simone munter:

»Bitte, könntest du mich nach Hause fahren? Ich bin mit dem Bus gekommen!«

Klar, machte er selbstverständlich gerne. Jahre später fragte er sich immer noch, wieso er damals derart arglos in die Falle tappte. Von wegen ›Siebter Sinn‹! Er begleitete Simone höflich, ganz Kavalier, zu ihrer Haustür. Bevor ihm klar war, was geschah, zog sie ihn mit sich in ihre Wohnung.

Zum Glück hatte er sich vor dem Treffen - einzig aus dem Grund heraus, weil er übermäßig verschwitzt war, - geduscht und frische Wäsche angezogen. Jetzt kam es ihm zugute. Woraufhin er sich beklommen fragte: Zufall oder echte Vorahnung?

*

Gerda war begeistert!

Die Hochzeitsglocke erklang!

Soweit sie wusste, fand sich ein Kaplan aus Waldshut-Tiengen bereit, in der abgelegenen Kirche, welche seit Jahren nicht mehr zu Gottesdiensten oder Ähnlichem herangezogen wurde, eine Trauung vorzunehmen. Zudem brachte er einen Messdiener mit, vordringlich um stilvoll die Glocke zu läuten.

Die Glockentöne, rein und klar, kündigten an, dass das Brautpaar in wenigen Minuten die Kirche verlassen und der Brautzug gemessenen Schrittes zu ihr hochkommen würde. Vor ihr versammelten sich Polizeibeamte und Feuerwehrleute in Uniform, um ein Spalier zu bilden.

Doktor Simone Schmidt und Hauptkommissar Jürgen Herp gaben sich hier und heute das Eheversprechen. Außer Verwandten, Freunden und Bekannten, waren auch die Personen eingeladen, welche damals bei der Bergung der ertrunkenen Frauen halfen.

Neben ihrem Kiosk hatte die Freiwillige Feuerwehr ein geräumiges Zelt errichtet, Tische und Bänke herbeigeschafft und alles für eine zünftige Feier vorbereitet. Gerda war mit der Beschaffung der Getränke und Speisen beauftragt worden. Ein recht einträglicher Tag heute!

Und zudem trug es nicht unwesentlich zum Bekanntheitsgrad des Museumsdorfes bei. Eine effektive und dabei preisgünstige Werbung. Ein wenig lächeln in die Kameras der Lokalreporter, ein paar wahre und erfundene Geschichten über diese alte Ansiedlung und es würde in den nächsten Tagen in der Zeitung stehen. Hervorragend!

Minuten später traten alle aus der Kirche und formierten sich. Voraus liefen die Blumenmädchen, danach folgten die Brautjungfern, anschließend das Brautpaar und dahinter bildete sich ein erhebliches Durcheinander.

Als sie näher kamen, wunderte Gerda sich ein wenig über den ernsthaften Gesichtsausdruck des Bräutigams. Besonders glücklich sah der an seinem Hochzeitstag beileibe nicht drein!

*

Simone bestand darauf, in dem kleinen Hochtal zu heiraten. So richtig begründen konnte sie ihren Wunsch nicht, selbst wenn sie es versuchte:

»Weißt du, Schatz, wir lernten uns hier kennen, ich fand an diesem Ort meinen Prinzen, den ›Weißen Magier‹, da denke ich ...!«

Das mit dem ›Weißen Magier‹ ging ihm nach wie vor gehörig gegen den Strich und Simone vermied dieses Thema tunlichst. Wenn Männer nicht wollten, auf stur schalteten, war nichts zu machen. Doch mit der Zeit ...?

Sie überließen die Planung und Organisation einer professionellen Hochzeitsplanerin, teilten der in einem ausführlichen Gespräch ihre Wünsche mit und übergaben ihr die Liste der einzuladenden Gäste. Dadurch gab es im Vorfeld keine Hektik und sie konnten die Feier unbeschwert von organisatorischen Verpflichtungen genießen.

Simone sah in ihrem Brautkleid entzückend aus. Alles lief bestens. Wenn dabei das ungute Gefühl nicht gewesen wäre!

Die Trauung verlief ohne Schwierigkeiten. Bis die Glocke läutete.

In diesem Moment hatte Jürgen den Eindruck, als ob eine Menge der schweren, schwarzen Vorhänge, welche über dem Tal ausgebreitet waren, sich schlagartig verflüchtigten und das Sonnenlicht heller als zuvor erstrahlte. Ein kurzer Blick in Simones Gesicht. Sie hatte es ebenfalls gespürt.

Jedenfalls empfand er eine beträchtliche Erleichterung. Schön! Nachher musste er sich dringend mit ihr darüber unterhalten.

Zuerst kam jedoch der angenehme Teil: Die Braut küssen!

Und danach: Feiern! Essen, Trinken und Tanzen!

*

Berthold horchte auf.

Schon wieder läutete jemand die Glocke, seine Glocke! Diesmal anlässlich einer Hochzeit! Das durfte doch nicht wahr sein!

Er machte sich Sorgen. Große Sorgen!

Wenn der Pakt erfüllt war, was wurde danach aus ihm? Niemals zuvor hatte er sich Gedanken um seine Zukunft gemacht. Eine Art ›Ewiger Glöckner‹? Warum nicht?

Er liebte seine Tätigkeit. Aber was geschah demnächst? Wenn die Menschen die dritte Bedingung erfüllten, war er sein Amt los.

Danach, was kam danach?

*

Stolz hielt Jürgen seinen winzigen Sohn in einem weißen Taufkissen im Arm.

Er schritt zum Taufbecken. Dort übergab er den Kleinen vorsichtig der bereits wartenden Taufpatin. Eine nette junge Dame, eine Freundin von Simone.

Das durch die Fenster einfallende Sonnenlicht erzeugte in deren Haar einen rötlichen Schimmer. Ob die Patin sich ebenfalls als ›Weiße Hexe‹ bezeichnete? Die besaßen, den Erzählungen nach, alle mehr oder weniger rote Haare, oder? Weiberkram! Nach der wundervollen Nacht, damals mit Simone, fühlte er sich erstmals als vollständiger Mensch, fand das fehlende Teil, nachdem er unbewusst so lange suchte. Sie harmonierten in allen Bereichen ausgezeichnet, stimmten in ihren Ansichten stets überein. Bis auf eine Ausnahme: Das Reizthema ›Weißer Magier‹!

Ein oder zweimal wollte sie die Angelegenheit zur Sprache bringen, gab es jedoch schnell auf. Nach einer energischen Klarstellung seinerseits - genauer gesagt, er verbat sich ein für alle Mal diese idiotische Bezeichnung - kam Simone nicht mehr darauf zurück. Ansonsten, eine Beziehung der Spitzenklasse. Und als Krönung ihrer Liebe: ein Sohn!

Geduldig stand er neben seiner Frau, das Taufzeremoniell über sich ergehen lassend. Religion war ihm suspekt. Simone zuliebe hatte er trotzdem zugestimmt.

Nachher war eine kleine Feier bei Gerda in engstem Kreise angesagt. Nur die Großeltern, die Taufpatin und ein paar Freundinnen von Simone. Und sein guter Freund von der Polizei, Kommissar Josef Maurer mit Frau. Er wollte keinerlei Aufhebens um die Taufe.

Noch immer lag ein schwacher Schatten des Unheils über dem Tal.

Für einen Moment zuckte er erschrocken zusammen.

Die Taufglocke! Unsanft riss ihn sie aus seinen Betrachtungen. Im nächsten Moment taumelte er einen Schritt zur Seite. Bestürzt griff Simone nach ihm, unterstützt von Josef, der Jürgen am anderen Arm festhielt.

»Jürgen! Um Gottes Willen! Was ist los mit dir?«

Gleich darauf stand er, ein wenig blass um die Nase, wieder sicher auf den Beinen.

»Danke, schon gut, ihr könnt mich loslassen, danke! Da war was ...!«

Simone schaute ihn prüfend und wissend zugleich an. Sie hatte es genau so gefühlt, jedoch nicht derart intensiv wie ihr Mann.

›Und wenn er es noch so vehement abstreitet, er ist dennoch ein ›Weißer Magier‹!‹, dachte sie zufrieden. Sie hatte richtig gewählt! Ihre Liebe würde ein Leben lang und über den Tod hinaus bestehen! Bis in alle Ewigkeit!

Als sie Minuten später die kleine Kirche verließen, in den hellen Sonnenschein bei tiefblauem Himmel hinaustraten, fühlte er sich frei und unbelastet.

Das Gefühl des über dem Tal liegenden drückenden Unheils hatte sich verflüchtet, die Schatten des Bösen waren vollständig verschwunden. Ein liebliches Schwarzwaldtal, ein Gebiet wie jedes andere auch!

Erleichtert schritt er mit Simone - die Taufpatin mit dem Kind in Mitte - zu Gerdas kleinem Café hoch.

Unbesorgt sah er der Zukunft entgegen. Mit Simone an seiner Seite ...

*

Village au fond de la vallée ...

Ihm schien, dass dieses Chanson extra vom Wind für ihn herbei getragen wurde. Eines seiner Lieblingsstücke.

Une Cloche sonne, sonne ...

Ah! Die unvergessene Édith Piaf! Vor Jahren saß er in Paris in einem Kabarett und lauschte ihrer unvergleichlichen Stimme. Ihm schien, als ob es erst gestern war.

Nur eine Glocke und dennoch drei Glocken zugleich ...

Welch ein wunderbares Lied!

In seine Erinnerungen versunken saß er in seinem üblichen, grünen Jägergewand auf einem flachen Stein - dieser war wie ein Hocker geformt - und blickte eher nebenbei über das Hochtal hinweg. Aus dem Augenwinkel heraus bemerkte zwei sich über die Wiese nähernde Gestalten.

Zwei? Mit einer hatte er gerechnet, mit der Zweiten nicht. Er wandte den Kopf und sah aufmerksam den Ankömmlingen entgegen.

Sieh an, es war also so weit! In helles Leinen gekleidet, mit den Füßen einige Zentimeter über dem Weg schwebend, glitten sie heran.

»Nun, Luzifer!«, die volltönende Stimme klang spöttisch, »Deine Idee mit dem Buch war nicht besonders originell! Du warst einfach zu gierig!«

Widerwillig musste er seinem seit Anbeginn der Zeiten verhassten Gegner recht geben. Die dreizehn blöden Möchtegernhexen waren zwar ein einträgliches Geschäft, ärgerlicherweise ging es damit zugleich in diesem Tal für ihn zu Ende. Schade!

Selbst schuld, warum nahm er die kleine ›Weiße Hexe‹ nicht ernst? Wieso hatte er auch nicht bemerkt, dass sein Gegner Michael dahinter steckte, die Hände im Spiel hatte? Weshalb bemerkte er es nicht, ahnte nichts davon, zumal der ihm seit Ewigkeiten andauernd ins Handwerk pfuschte.

»Ach, ja, Du hast sicherlich nichts dagegen, dass ich Berthold mit mir nehme, nicht wahr? Seit die Menschen ihre Glocke wieder selbst läuten, brauchst Du ihn nicht mehr. Sein Vertrag mit Dir ist abgelaufen!«

Der Hohn in dessen Worten störte ihn gewaltig, doch es half nichts. Erbarmungslos fügte Michael hinzu:

»Das Kleingedruckte in diesem Pakt war nicht besonders einfallsreich! Als du damals die Bedingungen festlegtest, unterlief dir ein Fehler! Im dem viele Jahrzehnte später vorgetragenen Lied der unvergessenen Piaf, welches dir so gefällt, wird die menschliche Handlungsweise in der normalen Reihenfolge besungen! Du hättest sie damals genauso einhalten sollen! Niemals wären die Menschen auf die Idee gekommen, ausgerechnet in diesem verfluchten Tal zuallererst, einfach so, ein Kind zu taufen!«

Michael betrachtete ihn spöttisch, als er fortfuhr:

»Zudem hast du ihnen bei der umgekehrten Reihenfolge auch noch unfreiwillig geholfen!

Beginnend mit Bertholds christlichem Begräbnis - dies war leicht vorherzusehen -, danach kam das unbedachte Grimoire und die sich daraus zwangsläufig ergebenden Ereignisse! Warum musste das Buch auch ausgerechnet hier in diesem Tal seine volle Wirksamkeit entfalten? Nur weil du hier, dank Bertholds Fluch, bisher ungestört ernten konntest? Du lässt nach, mein Lieber!«

Die lichte Gestalt wandte sich ab, schweigsam gefolgt von Berthold. Einen Herzschlag lang sah er ihnen hinterher.

Zwei über die Wiese dahin ziehende Nebelfetzen, die sich in der warmen Morgensonne rasch auflösten.

Totenmoor

Xaver war wütend. Und sturzbetrunken.

Pauline, diese Hure! Ihm gehörte sie, ihm und niemandem anderem. Schon gar nicht diesem armseligen Kleinbauern namens Franz Nolte, einem dahergelaufenen Kerl, von dem keinem Einzigen bekannt war, woher er kam. Laut Auskunft aus dem Südbadischen stammend.

Aus dem Hotzenwald?

Möglich oder auch nicht. War im Grunde nicht von Belang. Fleißig und sparsam, wie der lebte, übernahm er einen abgewirtschafteten Hof, nur wenige Tagewerke umfassend, an einem Hang in einem schmalen Seitental der Enz gelegen, als Halbbauer. Ansonsten arbeite er überwiegend bei einem Großbauern. Ausgerechnet bei einem, der mit dem Hof seines Vaters in Unfrieden lag. Auch wenn der Streit von Xavers Vater, einem mürrischen, geizigen Bauern, dem Besitzer des Lehenhofs ausgegangen war, so zählte das in seinen Augen nicht. Immerhin war sein Hof, na, ja, der seines Vaters, der größte weit und breit. Alteingesessen und angesehen. Was hieß, dass viele von ihm abhängig waren und sich nicht aufzumucken trauten.

Pauline lebte mit ihrer Mutter am Rande des Moors, hoch über dem Tal. Sie sammelten Kräuter, vor allem Heilkräuter, Beeren und Nüsse, besaßen zwei Ziegen und bestellten einen kleinen Acker sowie einen Gemüsegarten. Bei Gebrechen halfen sie, wo sie konnten, leisteten Geburtshilfe und hielten so manchen weisen Rat für viele Menschen im Tal bereit.

Im Gegensatz zu der Bauernfamilie vom Lehenhof waren die beiden Frauen überall willkommen.

Xaver war das völlig gleichgültig. Soeben entnahm er nebenbei aus dem Gespräch zweier seiner Kumpels in der Wirtschaft, dass Pauline, diese Dirne, in wenigen Tagen sich mit dem lästigen Mitbewerber, diesem armseligen Halbbauern, vermählen wollte. Ihn, den reichen, angesehenen Bauernsohn, den Hoferben, wies sie ab, aber dieser Habenichts durfte sie heiraten.

Nicht, solange er es verhindern konnte.

In seinem benebelten Hirn bildete sich ein teuflischer Plan. Am Polterabend musste er zuschlagen! Denen wollte er es zeigen! Höchstwahrscheinlich war Pauline, diese eingebildete Schlampe, bis jetzt Jungfrau. Wenn alle feierten, plante er, der Braut einen Besuch abstatten. Ob Franz sie danach noch heiratete? Jedenfalls würde er der Metze eindrucksvoll seine Männlichkeit beweisen, ob es ihr passte oder nicht. Und falls ihr Bräutigam dazukäme? Der Schwächling würde es sich zweimal überlegen, ob er sich mit ihm anlegte. Immerhin war er der stärkste und kräftigste Mann weit und breit. Und hinterher? Er musste nur rechtzeitig dafür sorgen, dass dem Lumpen und seinem Flittchen niemand glaubte.

Mit ingrimmiger Vorfreude lachte leise er in sich hinein.

Die Kumpels am Tisch blickten entsetzt auf. Xavers Augen waren blutunterlaufen, sein Gesicht hochrot und der Schweiß troff ihm nur so herunter.

Was war denn mit dem los? Bisher kippte er einfach nach dem letzten Bier um. Aber jetzt?

Eine teuflische Macht schien sich seiner bemächtigt zu haben. Leicht schwankend, dem Wirt nachlässig ein paar Münzen hinwerfend, verließ er die verräucherte Dorfschenke.

In der Ferne verklang sein unheimliches Lachen.

Die Männer schauten sich beklommen an. Einige schlugen noch schnell ein Kreuz.

Bei Xaver ging derzeit nicht alles mit rechten Dingen zu.

*

Wehmütig blickte sich Pauline in ihrer Kammer um.

In dem kleinen ›Hexenhäuschen‹, wie sie ihre Hütte liebevoll nannten, bewohnte sie zwei Stübchen unter dem Dach. Im Erdgeschoss wohnte ihre Mutter in einem winzigen Zimmerchen. Außerdem gab es dort eine Küche zum Kochen und Zubereiten von Essen, genauso wie zur Herstellung ihrer Heiltränke und Kräuterlösungen. Dazu kamen Verschläge mit Vorräten für den Winter. Der Ziegenstall war außen angebracht, wobei die Ziegen noch eine Mitbewohnerin hatten, sofern diese nicht wie gehabt heimlich ins Haus schlich. Eine niedliche, grau gescheckte Katze, die dafür sorgte, dass die Bäume für Ratten, Mäuse und Hamster nicht in den Himmel wuchsen. Auch der eine oder andere Iltis sowie sonstiges kleines Raubzeugs machte unversehens Bekanntschaft mit ihren scharfen Krallen. Was bedeutete, dass diese Tiere einen achtungsvollen Bogen um das ›Hexenhäuschen‹ schlugen.

Morgen kam Paulines Hochzeitstag. Sie liebte Franz von ganzem Herzen und wollte ihm in wenigen Stunden ihr Ja-Wort geben. Sie beabsichtigte zu ihm ziehen und ihr bisheriges Zuhause zu verlassen. Ihrer Mutter versprach sie, sie so oft, wie es ging, zu besuchen. Selbstverständlich war diese auch ein gerne gesehener Gast auf dem kleinen Hof.

Und wenn später erst einmal Kinder kamen ...

Pauline schritt ins Nebenzimmer. Auf einem Tisch lag sorgfältig angeordnet ihre Hochzeitstracht.

Das mit silbernen Perlen bestückte, weiße Brautkrönchen würde auf ihrem schwarzen Haar wunderbar aussehen. Um den Hals würde sie ein gesticktes Koller legen. Das blütenweiße Brautkleid, die Ärmelchen ließen die Ellenbogen frei, lag weit ausgebreitet da. Es reichte nur bis zum Knie, so dass die weißen, gestrickten Socken und die schwarzglänzenden Schuhe gut zur Geltung kämen. Über dem Kleid wollte sie ein eng anliegendes, geschnürtes, rotes, mit bunten Stickereien versehenes Wams tragen. Die lieblichste Braut in der ganzen Umgebung.

Danach schweiften ihre Gedanken ab.

Hoffentlich betrank sich Franz beim Polterabend nicht allzu sehr. Ein verkaterter Bräutigam, der sich nicht in der Lage sah, die Scherben zusammenzufegen, machte sich nicht gut. Zumal sie wusste - einige ›Freunde‹ trugen es ihr zu -, dass Xaver, das Ekel vom Lehenhof, etwas gegen ihre Hochzeit hatte. Niemand konnte ihr indessen verraten, was dieser Kerl vorhatte. Nur dass er immer abfällig und hämisch grinsend von ihr sprach. Hoffentlich würde er keinen allzu großen Stunk machen und das Fest verderben. Zuzutrauen war es ihm durchaus.

Entsetzt schrak sie hoch.

Untern vor der Tür lärmte und rumorte es. Wie es aussah, öffnete ihre Mutter die Tür, denn sekundenlang verstummte der Krach.

Im nächsten Augenblick schrie diese schrill auf.

Anschließend herrschte für einen Moment Totenstille. Danach fiel etwas zu Boden. Gleich darauf polterte jemand brüllend die Treppe zu ihrer Kammer herauf.

Xaver! Diese Stimme kannte sie nur zu gut!

Eisiger Schrecken erfasste sie. Ihre Mutter? Was war mit ihr geschehen? Bevor sie einen klaren Gedanken fassen konnte, krachte die Türe auf. Heimtückisch grinsend, sie begierig betrachtend, erschien Xaver vor ihr. Nur leicht bekleidet stand sie da, denn sie hatte das Hochzeitskleid noch einmal probeweise anlegen wollen. Sie erkannte sofort, was jetzt folgen sollte. Xaver griff blitzschnell zu und riss ihr dünnes Hemdchen herunter. Lüstern betrachtete er die halbnackte Frau, welche ihm wehrlos ausgeliefert war. Mit seinem breiten Rücken verdeckte er die Türe, sodass ihr ein Entkommen unmöglich war. In aller Ruhe entledigte er sich seiner Beinkleider. Eine wirklich prächtige Erektion! Trotz des Alkohols, den er getrunken hatte, wie sein widerlich stinkender Atem verriet.

Blitzschnell trat sie zu. Sekundenlang krümmte er sich laut aufstöhnend zusammen.

Diese kurze Zeitspanne genügte ihr. Eilig kletterte sie, nahezu unbekleidet wie sie war, aus dem Fenster, rutschte schräg nach Links das Dach hinab und sprang in den Vorgarten. Sie kannte den Weg, auch in der Nacht, recht genau.

Zwar erholte sich Xaver rasch von dem Tritt, aber um sie rechtzeitig zu ergreifen, war er zu langsam. Mit einem Male wurde er nüchtern. Wenn sie jetzt Hilfe herbeirufen würde? Das konnte ihm übel bekommen!

Fluchend kletterte er hinterher, rutschte das Dach hinab und krachte mit voller Wucht auf den Ziegenstall. Ein fürchterlicher Schmerz durchzuckte sein rechtes Bein.

Er biss die Zähne zusammen und versuchte Pauline nach zu laufen. Er sah nur noch, wie sie in der Abenddämmerung zwischen den Birken verschwand. Erleichtert nahm er zur Kenntnis, dass sie in Richtung Moor rannte. Sicherlich kannte die elende Hexendirne alle Wege und Pfade durch das heimtückische Gebiet. Nein, dorthin folgte er ihr garantiert nicht! Zu viele, welche das Sumpfgebiet betraten, kamen nie mehr zurück. Gurgelnde Sumpfstellen, scheinbar fester Moosboden, der unter den ersten Schritten nachgab, offene Wasserstellen mit tückischen Schlingpflanzen und Wege, die nur einmal begehbar waren, dabei unweigerlich ins Verderben führten. Rückweg ausgeschlossen.

Er verbiss seine Schmerzen und machte sich auf den Heimweg.

Sein Knöchel schwoll mehr und mehr an. Wiederholt wurde er bewusstlos. Sobald er erneut zu sich kam, sah er zu, dass er weiter lief. Zurück auf einen normalen Weg und weg vom ›Hexenhäuschen‹. Niemand sollte ihn mit den dortigen Geschehnissen in

Verbindung bringen. Zum Glück ging es stetig ins Enztal bergab.

Am Morgen hatte er es geschafft. Einer der Landarbeiter vom Lehenhof fand ihn. Diesen schickte er zum Hof, um einen Karren zu holen.

Keine halbe Stunde später kam der Knecht mit einer Magd zurück. Gemeinsam betteten sie Xaver auf eine Strohschütte auf dem Wagen. Trotzdem bewirkte das Gerüttel und Geschüttel, dass er vor Schmerzen schrie und erneut in Ohnmacht viel.

*

Die Bäuerin vom Lehenhof schlug die Hände über dem Kopf zusammen, als sie sah, in welchem Zustand ihr Sohn ankam.

Stöhnend, mit fieberheißer Stirn und durch und durch schweißgebadet lag Xaver anschließend auf dem eigens im Erdgeschoss für ihn zubereiteten Lager. Kaum dass er erzählen konnte, wie es passiert war.

Gestern an späten Nachmittag, er blieb nicht lange auf dem Polterabend, wollte er noch auf der Weide nach dem Vieh sehen. Dabei war er in ein Erdloch - vermutlich von einem Hamster oder Maulwurf - getreten und brach sich den Knöchel an.

Der eilends herbeigerufene Bader vermochte kaum zu helfen. Kalte Umschläge um die Schwellung zu kühlen und zur Schmerzstillung gab er Laudanum. Ansonsten würde der Bruch in einigen Wochen von selbst heilen. Allerdings, der Fuß stand deutlich schief ab, würde dieser nicht mehr so sein wie bisher. Mit schweren Belastungen war es ein für alle Mal aus.

Sollte sich Xaver nicht daran halten, bestand die Gefahr, dass der Knöchel bei zu hoher Beanspruchung endgültig brach. Mit unabsehbaren Folgen. Anschließend versprach der Bader, schleunigst weiteres Laudanum zu besorgen und empfahl sich für heute. Nicht ohne der Bäuerin noch einen Tipp zu geben:

»Gehen Sie zu Pauline und ihrer Mutter, die stellen fiebersenkende und schmerzstillende Tränke her, welche ihrem Sohn höchstwahrscheinlich helfen!«

*

Franz war tot! Ermordet an seinem Polterabend!

Wie ein Lauffeuer verbreitete sich Neuigkeit im Dorf.

Irgendjemand schlug ihn feige von hinten nieder. Auch wenn so mancher Xaver verdächtigte, laut auszusprechen, ohne Beweise, wagte das keiner.

Wie sollten sie Pauline nur die Nachricht vom Tod ihres Bräutigams überbringen?

Endlich fanden sich zwei Männer bereit, mit der Hebamme zum ›Hexenhäuschen‹ zu gehen. Zum Aufstieg benötigten sie weit über eine Stunde. Zuerst wollten sie es schonend ihrer Mutter erzählen, die es anschließend ihrerseits ihrer Tochter berichten sollte.

Als sie sich dem Häuschen im Scheine ihrer Fackeln näherten, die Nacht war längst hereingebrochen, wurde ihnen beklommen zumute.

Kein Lichtschein war zu sehen, nur die schwarze, kaum zu erkennende Hütte. Totenstille ringsum. In der Ferne schien eine Ziege zu meckern.

Ahnungsvoll traten sie näher. Die Haustür stand weit offen. Vorsichtig, laut rufend, gingen sie hinein. Niemand antwortete ihnen. Im unruhigen Fackellicht fiel ihr Blick auf eine zusammengekrümmte Gestalt am erloschenen Herd.

Paulines Mutter!

Anscheinend mit heftiger Gewalt gestoßen, zog sich diese beim Sturz tödliche Kopfverletzungen zu, wie das längst geronnene Blut, auf dem Boden eine dunkle, schwarze Lache bildend, vermuteten ließ.

Erschüttert drückten sie der Toten die starr in die Ewigkeit blickenden Augen zu.

Aber wo befand sich Pauline? Vorsichtig stieg einer der Männer die knarrende Holztreppe hoch, indessen sein Begleiter und die Hebamme Paulines Mutter behutsam auf ihr Lager legten.

Schweigend warteten sie danach ab.

Kaum zwei Minuten später kam der Mann herunter und berichtete:

»Hier ist eindeutig eine Schandtat verübt worden! Die Tür zu Paulines Zimmer ist gewaltsam aufgebrochen, aber es wurde, so wie es aussieht, nichts gestohlen. Ihr Hochzeitskleid liegt ausgebreitet und für die geplante morgige Hochzeit ordentlich hergerichtet im Nebenzimmer. Jedoch sieht es aus, als ob es einen Kampf gab.«

Er hielt das zerfetzte Unterhemd hoch.

»Allem Anschein nach wurde Pauline das Hemd vom Körper gerissen, doch sie scheint durchs Fenster entkommen zu sein. Ich fand kein Blut, aber es ist zu dunkel, um Genaueres zu sagen. Der Täter folgte ihr sicherlich.«

Mehrere Atemzüge lang schwieg der Mann, ehe er leise hinzufügte:

»Da wir ihr nicht begegneten, wird sie zum Moor gegangen sein. Gott sei ihrer Seele gnädig!«

*

Keuchend hielt Pauline inne.

Außer ihrem Atem, dem Pochen ihres Herzens, vernahm sie rundum nur die üblichen nächtlichen Geräusche der Moorbewohner. Das Quaken der Frösche, das Summen der Insekten, der Schrei eines Käuzchens. Angestrengt lauschte sie ins Dunkel. Von einem Verfolger war indessen nichts zu vernehmen. Ob Xaver aufgegeben hatte oder gar im Moor umgekommen war? Der Pfad, den sie eingeschlagen hatte, barg für Uneingeweihte tödliche Überraschungen.

Sie überlegte. Wenn sie im Moor übernachtete, sie hatte an dessen Grenze, auf einem festen Untergrund, schon vor Jahren einen einfachen Notunterstand aus mit Erde und Laub abgedeckten Ästen errichtet, konnte sie morgen in aller Frühe ins Nachbardorf im Murgtal gelangen und Xaver anzeigen. Dort brauchten sie auf dessen Vater keine Rücksicht zu nehmen, denn dieses Dorf unterstand einem Grundherrn, der dem Lehenhof nicht gutgesinnt war.

Zufrieden, eine Lösung gefunden zu haben, schritt sie weiter, tiefer in das nur schwach vom Sternenlicht beleuchtete Moor. Schade, dass Neumond war, dachte sie kurz. Aber sie kannte sich zu gut aus, als dass sie Bedenken hatte.

Nur um ihre Mutter machte sie sich Sorgen. Hoffentlich war ihr nichts Ernsthaftes zugestoßen. Xaver wollte lediglich zu ihr, Pauline, mit der eindeutigen Absicht, sie vor ihrer Heirat brutal zu vergewaltigen. Zum ihrem Glück scheiterte dessen Vorhaben.

Wie vom Blitz getroffen blieb sie stehen.

»Franz!?!«

Ihr Schrei gellte weithin vernehmbar übers Moor. Danach verstummte sie. Eisige Furcht ergriff sie, denn zu dem leuchtenden Schemen ihres Bräutigams gesellte sich eine zweite phosphoreszierende Gestalt.

»Mutter!«

Kaum, dass sie dieses Wort noch aussprechen konnte. Ernst sahen die Zweie sie an:

»Kehre um Pauline! Du darfst nicht weiter! Der Pfad ändert sich! Du läufst in dein Verderben!«

Sie achtete nicht auf die Weisung ihrer Mutter.

»Ihr seid tot? Beide tot? Wieso?« Ihre Stimme brach.

»Xaver!«, antwortet ihr Bräutigam. »Er konnte vor lauter Eifersucht nicht ertragen, dass du mich an seiner Stelle erwählt hast! Doch jetzt höre auf die Worte deiner Mutter! Kehre um! Xaver erhielt einen Teil seiner Strafe bereits im Diesseits!«

Die Schemen verblassten. Ein leiser, letzter Hauch:

»Lebe wohl, Pauline! Wie sehen uns dereinst wieder!«

Stumm und starr verharrte sie minutenlang auf dem trügerischen Pfad. Sie spürte, wie er langsam unter ihr nachgab. Zu lange stand sie inzwischen auf einem Fleck. Aber eine einsame Zukunft ohne Franz?

Sinnlos! Plötzlich kam ihr ein Gedanke. Laut rief sie in die Dunkelheit:

»Höre mich an, Herrscher des Totenmoors! Meine Seele gebe ich Dir, dienen will ich Dir, doch verhelfe mir dafür zur Rache an Xaver und seiner Sippe!«

Ein schwachblauer Schein umgab sie, das Moor verschwand vor ihren Blicken, und eine freundliche, einschmeichelnde Stimme sprach:

»Dein Wunsch sei Dir gewährt, schönes Kind! Hier ist der Vertrag! Lies ihn in Ruhe durch! Du bekommst so viel Zeit, wie Du brauchst! Aber bedenke, dass Du so lange an diesen Ort gebunden sein wirst, bis sich dein Schicksal erfüllt hat und die dir auferlegte Bedingung eingelöst wurde!«

Pauline nickte, ohne zu zögern, und griff nach dem Pergament. Bedächtig las sie die Zeilen.

»Einverstanden!«

Sie besiegelte ihre Zustimmung mit einem festen Handschlag.

Ein wenig verwunderte sie allerdings das Aussehen des Moorfürsten. Den hatte sie sich all die Jahre über anders vorgestellt. Nicht wie einen einfachen Jäger in grünem Gewande mit der umgehängten Armbrust. Oder war dies am Ende gar der Fürst der Finsternis selbst? Der pflegte sich, dem Hörensagen nach, oft als Weidmann zu verkleiden. Aber das war jetzt nicht mehr wichtig.

Friede und Dunkelheit umgaben sie. Als Pauline versank, schwebte an ihrer Stelle ein kleines, kaum eine Spanne hohes, blaues Flämmchen über dem Wasser. Langsam glitt es weiter, immer tiefer ins Moor hinein. Lautlos huschte es auf die Fläche des

Moorsees hinaus, ehe es, wie es schien, tanzend in der dunklen Flut verschwand.

*

Heimlich spotteten sie über den ›Krüppel‹ vom Lehenhof.

Selbstverständlich ließ sich Xaver nicht auf den Ratschlag des Baders ein. Sich schonen? Zugeben zu müssen, nicht mehr der Stärkste zu sein. Nicht mit ihm!

Er wollte es allen zeigen und hob demonstrativ einen schweren Sack Korn hoch, um ihn von der Tenne der Scheune ins Haus zu tragen. Drei kleine Stufen nur. Nach der letzten knickte sein Fuß um. Xavers Schmerzgebrüll war rundum zu vernehmen.

Ein geschientes Bein, kalte Umschläge und erneut Unmengen an Laudanum. Danach begriff er. Lange Zeit heilte der Bruch nicht aus. Meist saß er deshalb mürrisch dreinblickend vor dem Bauernhaus auf einem Stuhl, den schmerzenden Fuß hochgelegt.

Ein Jahr später war alles verheilt. Aber der Fuß stand endgültig schief. Er konnte sich nur humpelnd, unter zu Hilfenahme eines Stockes, bewegen.

Frauen? Vorbei! Keine wollte sich mit einem Krüppel abgeben. Zumal sein Reichtum dahinschwand und der Hof verfiel. Seit dem Mord an Franz lag unsichtbar drückend ein Schatten über dem Lehenhof.

Sein Vater starb kurze Zeit nach seinem ›Unfall‹, wenige Wochen später folgte ihm die Bäuerin.

Da Xaver sich nicht in dem nötigen Umfang, wie es ein vollwertiger Mann vermochte, persönlich an allen

Ecken und Enden um den Hof kümmern konnte, rissen allmählich Schlendrian und Nachlässigkeit ein. Dienstboten kündigten überraschend und unerwartet.

Bald kam er dahinter warum.

Gerüchte machten die Runde, wollten nicht verstummen. Franz, Pauline und ihre Mutter.

Der Herr vom Lehenhof, ein mehrfacher Mörder!

Einige Zeit später erfuhr er die Quelle der Geschichten. Ein kleines Irrlicht flüsterte in dunklen Nächten, wenn es verirrte Wanderer durch das Moor geleitete, ihnen das Ereignis einer furchtbaren Freveltat zu. Unter der Hand, niemand wollte sich klar zu äußern, erzählten alle, welche dem blauen Flämmchen begegneten, die begangene Untat weiter.

Pauline! Sie lief freiwillig in den Tod, schloss mit dem Moorfürsten einen Pakt. Ihre Rache verfolgte und traf Xaver über ihren Tod hinaus!

Als der letzte Knecht, die letzte Magd ihn verließ, niemand ihm weiterhin beistand, ging er in den Stall und kletterte mühsam eine Leiter hoch.

Die Nachbarn, angelockt vom schmerzhaften Gebrüll der Kühe, welche nicht mehr gemolken wurden, fanden ihn tot, erhängt an einem Strick baumelnd.

Mitleid mit Xaver? Nicht einmal zu seiner Beerdigung kamen sie. Dabei gab es eigentlich gar kein richtiges Begräbnis. Als mutmaßlicher Mörder und eindeutiger Selbstmörder wollte niemand im Dorf etwas mit ihm zu tun haben.

Irgendwo, in einer weit von der Kirche entfernten Stelle, verscharrten sie Xaver. Ohne Gebete, ohne das letzte Sakrament.

*

Unaufhaltsam breitete sich das Moor aus.

Das Häuschen, in dem Pauline und ihre Mutter gewohnt hatten, versank Jahrzehnte später auf Nimmerwiedersehen. Und mit ihm verschwanden auch alle Erinnerungen an die frevelhafte Tat.

Der Lehenhof zerfiel mit der Zeit, seine Steine wurden abgetragen und in neuen Höfen wieder verwandt. Nicht an der gleichen Stelle, aber dennoch ganz in der Nähe.

*

Eisigkalt strich der Wind jeden Winter über das zugefrorene Moor. Die Büsche lagen unter Schnee und Eis, nur einige wenige Birken ragten aus der unwirtlichen Hochebene. Schweigend umstanden von düsteren Schwarzwaldtannen.

Im Sommer, wenn alles grünte und blühte, Libellen flirrend über das tiefblaue Wasser der Moorseen flogen, Frösche quakten, Lurche herumwanderten und die Insekten summten, wurde geraunt, dass noch immer das blaue Flämmchen durch das Moor husche.

Meistens bekreuzigten sich die Reisenden, welche des Flämmchens ansichtig wurden, und wünschten der armen Seele, die ihrer Meinung nach verunglückte, eine gnädige Erlösung.

Zwei Jahrhunderte verstrichen.

Die Menschen legten für ihre Autos eine asphaltierte Straße an, die von Reichental im Murgtal nach Sprollenhaus ins Enztal führte. Mitten zwischen den zwei größten Hochmooren im nördlichen

Schwarzwald hindurchführend. Die Moorgebiete auf beiden Seiten wurden zu Naturschutzgebieten erklärt. Fünf Seen gibt es darin.

Südlich des Weges liegen heutigen Tages der große und kleine Hohlohsee sowie der klitzekleine Breitlohsee, nördlich davon der Wildsee mit dem Hornsee.

Touristen können einen Teil der Gewässer gefahrlos über Holzstege, zumindest an einigen Stellen, erreichen. Nicht alle sind zugänglich.

Zwischen den beiden Hochmooren, in einem schmalen, zur Enz abfallenden Tal, unterhalb der Passhöhe, steht jetzt ein Hotel mit einem winzigen Ort, aus weniger als einer Handvoll Häusern bestehend.

Kaltenbronn ...

*

Regungslos, den abwesenden Blick über den Wildsee gerichtet, nichts von ihrer Umgebung bewusst wahrnehmend, saß Silke auf einer der auf dem Bohlenweg stehenden Bänke inmitten des Hochmoores.

Das Gebiet durch und um das Wildseemoor faszinierte sie bereits als Kind und ließ sie seitdem nie mehr los. Wann immer es ging, lief und joggte sie rund um das Moor oder durchquerte es auf dem für Besucher angelegten Weg. In Seenähe bestand dieser aus einem auf Pfählen stehenden Holzsteg.

Das Moor mit den Seen selbst liegt in einem Bannwald, einem geschützten Waldgebiet, überwiegend aus Gründen des Natur- und

Umweltschutzes. Die forstwirtschaftliche Nutzung ist in Kerngebieten von Naturschutzgebieten untersagt. Daher besteht in Bannwäldern eine Gefahr durch herabfallende Äste und umstürzende Bäume. Ganz zu schweigen von den überaus tückischen, unter Laubschichten, Moosen sowie trügerischem, scheinbar festem Boden verborgenen Sumpflöchern. Manch ein unvorsichtiger oder verirrter Wanderer verschwand für immer im Moor. Seichte Wasserrinnen, kleine Gräben weisen urplötzlich eine unergründliche, tödliche Tiefe auf. Kritisch beispielsweise im Bereich Seegraben, Ringgraben oder Schwarzwässerle. Besonders gefährlich ist das Gebiet zwischen dem Ringgraben und dem oberen Hornweg. Viele winzige, auf den ersten Blick kaum sichtbare Wasserläufe. Bäume, scheinbar festverwurzelt auf festem Grund, stürzen urplötzlich um, vom trügerischen Moorboden nicht mehr gehalten.

Nicht umsonst ist das Betreten des Bannwaldes strengstens verboten, wird auf Hinweistafeln eindringlich vor den tödlichen Gefahren gewarnt.

Für Silke bedeutete alles kein Problem. Als aktives Mitglied im NABU kannte sie, als leidenschaftliche Naturschützerin, diese Tücken längst. Wie oft verwies sie Personen, welche vom Rundweg aus in den Wald vordrangen, aus diesem. Selten, dass diese den Grund vollständig einsahen. Was für ein Theater wegen der paar zertrampelten Gewächse ...

Heute war jedoch alles ganz anders. Kein Gedanke an das Moor, an seine Pflanzen und Tiere, nur die schmerzhafte Erinnerung an einen unangenehmen Vorfall. Und an eine Drohung ...

Eine kleine Firma in Gaggenau, kaum zehn Kilometer von ihrem Wohnort in Gernsbach entfernt. Xaver, der Sohn des Chefs, etwas über dreißig Jahre alt, drei älter als sie, belästigte sie. Dass der Dreckskerl längst mit einer anderen Frau verlobt war, hielt ihn nicht davon ab, sie in eine Ecke zu drängen, um eine Hand in ihrer Bluse zu versenken.

»Stell Dich nicht so an, ich weiß, dass Du es auch gerne magst. Du ...!«

Ein kräftiger Kniestoß und das zudringliche Schwein krümmte sich. Von seinem Schmerzgebrüll angelockt, kamen zwei Kolleginnen vorbei. Aus war es mit dem Vertuschen.

Zurück am Arbeitsplatz schrieb sie ihre fristlose Kündigung. Der Seniorchef bedauerte ihr Ausscheiden zutiefst.

»Ich will Ihnen keine Steine in den Weg legen, Frau Gittler. Mein Sohn streitet zwar alles ab, doch ich kenne ihn genau.«

Das war der einfache Teil. Schwieriger wurde es, als sie die Firma am fortgeschrittenen Nachmittag verließ. Dabei begegnete sie Xaver.

»Du elende Schlampe! Das zahle ich Dir noch heim! Irgendwann begegnen wir uns wieder!«

Sie gab ihm keine Antwort. Aber klar bewusst war ihr auch, dass der Lump ihr früher oder später auflauerte, um sich mit Gewalt zu holen, was sie ihm verweigerte.

Sie war eine durchtrainierte Joggerin, schnell und ausdauernd. Andererseits, ihr Feind war ebenfalls sportlich überraschend fit.

Sobald er sie hier oben allein erwischte, konnte das für sie böse ausgehen. In nächster Zeit würde der hinterhältige Kerl kaum etwas unternehmen, Gras über die Sache wachsen lassen. Dennoch, eines Tages jedoch ...

Seufzend erhob sie sich, die plötzliche Kühle und den scharfen Wind bemerkend. Das Wetter schlug rasend schnell um. Wenn sie nicht klatschnass werden wollte. Musste sie sich sputen.

Eilig lief sie auf dem Bohlendamm in Richtung Leonhardhütte. Dort konnte sie sich unterstellen.

Aus den Augenwinkeln heraus erhaschte sie einen Blick auf einen blauen Gegenstand.

Abrupt stoppte sie. Das gab's doch nicht!

Mitten im Moor, so an die achtzig Meter von ihr entfernt, durch ein paar nicht allzu dicht stehende Bäume gerade noch erkennbar, erblickte sie einen im Moor knienden Mann, welcher eine Kamera in der Hand hielt und irgendein Objekt am Boden aufnahm.

Umgehend schrie sie wütend los. Anscheinend hörte sie der Mann nicht, kein Wunder bei dem Wind.

Während sie überlegte, was zu tun sei, erhob sich die Gestalt und verschwand außer Sichtweite.

Sie kannte die Gegend genau. Kaum anzunehmen, dass er es schaffte, den Seegraben zu überqueren. Was hieß, dass sie ihn auf dem das Naturschutzgebiet tangierenden Weg abfangen konnte.

Na, dem würde sie was erzählen. Sie befand sich in diesem Augenblick in der angemessenen Stimmung für eine eindringliche Strafpredigt!

*

Vorsichtig am Boden kniend, aufmerksam dafür Sorge tragend, ja keines der geschützten Pflänzchen zu beschädigen, fotografierte er einen winzigen, langblättrigen Sonnentau.

Die Bilder mit seiner Nikon D700: gestochen scharf! Im diffusen Licht im Moorwald, ohne volle Sonneneinstrahlung, welche öfters Probleme mit dem Kontrast einbrachte, gelangen ihm hervorragende Aufnahmen. Perfekt!

Plötzlich pfiff ein kalter Windhauch zwischen den Bäumen hindurch. Er merkte auf: Mist, es würde gleich regnen! Kein gravierendes Problem für seine Fotoausrüstung. Die Kamera- und Objektivtasche waren ausreichend wasserdicht, aber seine Kleidung nicht.

Vorsichtig erhob er sich, sorgfältig vor jedem Schritt den Boden prüfend, behutsam auftretend und entfernte sich in nördliche Richtung. Danach fiel ihm ein, dass es bei Regen nicht ratsam war, am Seegraben entlang zu gehen. Zu überraschend verwandelten sich im Augenblick noch harmlose wasserführende Seitenarme zu tödlichen Fallen. Nach kurzem Überlegen entschloss er sich, einen Bogen zu schlagen und zurück zum Bohlenweg zu laufen. Der Wassergraben, seitlich des Weges entlang führend, konnte an einigen wenigen Stellen mit einem weiten Sprung überwunden werden. Zum Glück kannte er sich hinlänglich aus. Allerdings, tiefer ins Moor zu gehen getraute er sich nicht. Zu gefährlich! Nördlich des Seegrabens, im Bereich des Hornsees bis hin zum Ringgraben, war er bisher noch nicht gewesen. Möglicherweise gab es dort höchst seltene Pflanzen, aber das Risiko ...

Viel zu groß!

Gut eine Viertelstunde später, es regnete leicht, stand er sicher auf dem Bohlenweg.

Zur Grünhütte oder nach Kaltenbronn? Er entschied sich, zur Grünhütte zu laufen. Zwar schloss diese schon um achtzehn Uhr, aber der Wirt war ein guter Bekannter. Auch wenn die Zufahrt für den Verkehr gesperrt war, kehrten dort meist Lieferanten, Waldarbeiter sowie Forstgehilfen ein. Einer würde ihn ganz gewiss ins nächste Dorf mitnehmen. Und den Rest des Weges? Nach Hause gab es öffentliche Verkehrsmittel. Er fuhr nicht gerne mit dem Auto. Nach Kaltenbronn kam er, wie bisher fast immer, mit dem Bus.

Vergnügt vor sich hinpfeifend lief er los. Der Gedanke an eine zünftige Brotzeit ließ ihm das Wasser im Munde zusammenlaufen. Linseneintopf mit Bockwurst oder lieber eine Schlachtplatte? Andererseits, die Maultaschen mit Kartoffelsalat schmeckten ebenfalls sehr lecker.

Mal sehen!

*

Silke verstand die Welt nicht mehr.

Wo war der Mann hingekommen? Von ihrem Standort aus überblickte sie voll den einzig in Frage kommenden Bereich, in dem er das Moor verlassen konnte. Sie entdeckte niemanden. War der Mann tiefer in den Sumpf gegangen, gar verunglückt?

Ratlos wartete sie noch eine Zeitlang ab, ehe sie sich wegen der einsetzenden Dämmerung entschloss, zu ihrem Auto zurückzukehren. Vielleicht begegnete sie ihm ja eines Tages erneut, danach würde dieser eine Strafpredigt erhalten, die sich gewaschen hatte!

Unbehaglich sie sah sich um. Es war nicht empfehlenswert, sich als Frau in der Dunkelheit allein im Naturschutzgebiet aufzuhalten. Nicht wenn sie an den langen Weg zurück zum Auto dachte. Sie musste stets damit rechnen, dass Xaver ihr irgendwann auflauern würde.

Eilig, ihre Umgebung misstrauisch im Auge behaltend, lief sie zum Parkplatz.

*

In der Grünhütte ging es hoch her. Einer der Stammgäste, ein Jäger, feierte seinen fünfzigsten Geburtstag.

Als in der Gegend bekannte, beliebte, aktive Naturschützerin nahm Silke an der Feier teil.

Bis auf einen Mann, der saß still und bescheiden in einer Ecke, kannte sie alle.

Sie musterte den Unbekannten gründlich und entschied: ein uninteressanter Milchbubi, allerhöchstens Mitte zwanzig, nichts für sie. Danach vergaß sie ihn wieder und wandte sich einem der Jäger zu, welcher sich gerade über die Besucher, Wanderer und Mountainbiker beschwerte, welch rücksichtslos in Forsten herumliefen oder rasten, das Wild erschreckten und überall ihren Abfall hinterließen. Einige gingen dabei so weit, dass sie auch an absolut verbotenen Stellen Feuer entfachten und unbekümmert Waldbrände riskierten. Die Feuerstelle hinterher wenigstens löschen? Kein Gedanke! Sprach man sie auf ihr Fehlverhalten an, reagierten sie patzig und aggressiv. Da halfen nur noch Fotos, die Autonummer und nachfolgende Anzeigen weiter.

Silke hörte aufmerksam zu, bis ihr der Typ von neulich wieder einfiel. Kaum, dass der Jäger endete, beklagte sie sich ihrerseits:

»Vor ein paar Tagen, im Moor, stellt es euch mal vor, da ...!«

Wütend berichtete sie vom Fotografen mitten im Naturschutzgebiet und von dem Frust, dass er ihr entwischte.

»Also, wenn ich den in die Finger kriege, danach kann der ...!«

In ihrer Erregung bemerkte sie weder die nachdenklichen Blicke des Wirtes in Richtung des stillen Gastes in der Ecke noch dessen spöttischen Blick.

Sieh mal einer an. Eine von ihrer Mission überzeugte Naturschützerin, übereifrig, wie es ihm vorkam, genau die Sorte Frauen, denen er so weit wie möglich aus dem Weg ging. Als er kurz austreten musste, folgte ihm der Wirt.

»Hallo, Werner! Da hast Du Dir ja eine nette Gegnerin geschaffen! Die Dame heißt Silke und ist normalerweise ziemlich freundlich. Ich habe doch recht, wenn ich annehme, das Du derjenige warst welcher, stimmt's?«

Werner nickte.

»Ich arbeite derzeit an einem weiteren Fotoband und muss noch öfters ins Moor gehen. Früher oder später werde ich sicherlich mit der streitbaren Dame zusammentreffen. Dürfte vermutlich ganz heftig krachen! Wenn sie es nicht anders will, dann halt auf die harte Tour! Das Naturschutzgebiet gehört ihr nicht! Sie kann höflich auf die gültigen Regeln hinweisen, das war's auch schon! Falls sie mich anzeigt,« Werner hob gleichgültig die Schultern, »wird sie nicht das Geringste erreichen. Aber das weißt Du ja!«

Nachdenklich sah der Wirt Werner nach, als dieser zur Toilette schritt, ehe er ich umwandte.

Vielleicht sollte er Silke, wenn sie sich beruhigt hatte, darauf hinweisen, dass es durchaus Ausnahmen gab, die es bestimmten Personen erlaubten, in Naturschutzgebieten zu fotografieren. Oder besser doch nicht?

*

Irgendjemand trug es ihr zu.

Xaver ...

Der Vorfall in der Fabrik sprach sich herum, kam auch der Verlobten von Xaver zu Ohren, woraufhin sie die Verbindung löste.

Jetzt war dieser - natürlich fühlte er sich völlig unschuldig! - umso wütender auf Silke. Dem Vernehmen nach drohte er öffentlich, es ›dieser Schlampe‹ heimzuzahlen. Schließlich war sie diejenige, die ›es‹ angeblich wollte und ihn danach plötzlich hereinlegte.

Silke fror. Ab sofort hieß es mehr als achtsam sein.

Niemals bei Nebel, nicht in der Dunkelheit und keinesfalls alleine unterwegs sein!

*

Endlich! Der Fotograf!

Ihr spezieller Freund, der ihr bisher immer entkam! Was für ein Glückstag!

Keine zehn Meter vor ihr sprang er über den an dieser Stelle recht schmalen Wassergraben, welcher westlich des Holzsteges zum Wildsee entlang verlief.

Flüchtig warf er ihr einen uninteressierten Blick zu, wandte sich anschließend in Richtung See und ging gemächlich weiter.

Ein paar schnelle Schritte ihrerseits und sie holte ihn ein.

»He, Sie!« Lautstark sprach sie den Mann von hinten an.

Dieser drehte sich gelassen um, sah sie fragend an: »Ja?«

Der ›Milchbubi‹ schoss er durch den Kopf. Schlagartig geriet sie in Wut. Der Kerl hörte ihr an des Jägers Geburtstag in der Grünhütte zu, verhielt sich dabei, als ob ihn das alles keinesfalls etwas anginge! Dieser scheinheilige Kumpan!

Sofort setzte sie zu einer geharnischten Strafpredigt an: »Wie kommen Sie dazu, das Naturschutzgebiet zu betreten! Wissen Sie nicht, dass ...!«

Der sah sie einen Augenblick mit hochgezogenen Augenbrauen an, wandte sich wortlos ab und wollte weitergehen.

Da kam er aber an die Falsche!

Wütend griff sie nach seinem Jackenärmel.

Blitzschnell fuhr der Mann herum. Nichts war's mehr mit Milchbubi! Plötzlich wirkte er erwachsen, selbstbewusst und überlegen. Eiskalt, dennoch in beherrschtem Ton:

»Wenn Sie mich noch einmal ungefragt anfassen, haben Sie sich das Folgende selbst zuzuschreiben! Ich weiß, dass Sie Naturschützerin sind! Das aber gibt Ihnen trotzdem nicht das geringste Recht, handgreiflich zu werden!«

Auch wenn Sie für eine Sekunde verblüfft war, so leicht gab sie nicht auf:

»Ach, ja? Was wollen Sie denn machen?«

Provozierend griff sie abermals nach dem Mann.

Im nächsten Moment taumelte sie in Richtung des Wassergrabens. Unvermutet versetzte der ihr einen kräftigen Stoß. Gerade als sie sich in der Moorbrühe sah, wurde sie zurückgerissen.

»Wenn Sie nicht aus durchaus ehrenwerten Gründen handelten, lägen Sie bereits im Graben! Sobald Sie mich noch einmal ungefragt anfassen, machen Sie Bekanntschaft mit dem Moor, welches Sie so übereifrig beschützen! Und jetzt, verschwinden Sie!«

Ohne ihre Antwort abzuwarten, lief der Mann weiter.

Mehrere Herzschläge lang blieb sie erstarrt stehen. Puh! Das war knapp!

Als ihr plötzlich Xaver einfiel, der hätte sie garantiert liebend gern für immer im Moor gesehen, fing sie an zu zittern. Kraftlos sank sie auf die Bohlen, unfähig aufzustehen. Der Schreck ging ihr nachträglich durch und durch, fuhr ihr in alle Knochen.

Schritte ...

Angstzittern sah sie auf. Xaver?

Vor ihr stand der ›Milchbubi‹. Er bückte sich, ergriff ihre Hand und zog sie hoch. Prüfend sah er sie an, zog eine kleine Flasche aus der Tasche, entkorkte sie und reichte sie ihr.

»Trinken Sie! Das hilft garantiert!«

170

Mechanisch griff sie zu. Der scharfe Kräuterschnaps trieb ihr die Tränen in die Augen. Hustend gab sie den Schnaps zurück.

»Danke!«

In neutralem Ton meinte der Mann - wie hieß der eigentlich? - wie nebenbei:

»Ich gehe jetzt zur Grünhütte! Mich aufwärmen und eine Kleinigkeit essen! Wenn Sie wollen, können Sie mitkommen! Von dort aus gibt es genügend Möglichkeiten weiter zu kommen!«

Silke nickte.

Allein im Moor? Bei der rasch einsetzenden Dämmerung? Die Angst brächte sie um.

Xaver ...

In diesem Fall doch besser mit dem Fremden gehen!

Vertrauensvoll lief sie neben ihm her.

*

Vor ihnen lag die Grünhütte.

Der Mann erzählte wenig über sich, fragte nur kurz:

»Wieso erfasste Sie vorhin solche Angst?«

Sollte sie oder nicht?

»Wegen Xaver ...«

Ihr Begleiter sah sie fragend an, ehe er schweigend weiterlief.

Zuerst stockend, nach und nach immer flüssiger berichtete sie von dem Vorfall in ihrer früheren Firma und von dessen Drohung und von der sie seither nicht mehr loslassenden Angst.

Von der stetig zunehmenden Sorge, allein zu ihrem geliebten Moor zu gehen. Von ihrer Furcht abends auszugehen ...

Der Mann hörte still zu und nickte daraufhin verstehend.

»So war das also! Immerhin«, meinte er grimmig, »sollten Sie sich zukünftig etwas zurückhaltender benehmen! Weiteren Ärger können Sie in ihrer Situation eher nicht gebrauchen, oder?«

Anschließend schwieg er, bis sie anlangten. Zufällig stand der Wirt vor der Tür.

»Hallo Werner, wen bringst Du denn mit?«

Erst danach erkannte er dessen Begleiterin.

»Oh, Silke? Du? Du hast doch nicht ...?«

Fragend, verunsichert brach er ab.

»Lass es gut sein. Die Dame ist erschöpft! Wie wäre es mit etwas Warmem zum Essen?«

Höflich führte er daraufhin seine Gäste an einen gemütlichen Seitentisch, auf dem Silke in sich zusammensank. Sie bemerkte die besorgten Blicke der beiden Männer nicht.

Leise unterhielt sich Werner mit dem Wirt.

»Sorge dafür, dass sie nachher sicher nach Hause kommt! Es gibt da ein Problem!«

Der Wirt hörte aufmerksam zu, danach nickte er. Gerüchterweise hatte er auch bereits von der Sache gehört, allerdings ohne Namen zu kennen.

»In Ordnung, Werner! Ich werde auf sie aufpassen! Und alle Jäger und Förster, welche vorbeikommen, bitten, sofort Alarm zu schlagen, wenn Xaver hier in der Gegend gesehen wird. Wozu gibt es Handys?«

*

Wie war sie nach Hause gekommen?

Erschrocken fuhr sie aus dem Bett hoch.

Filmriss ...!

Nur vage Erinnerungen.

Der Fotograf ... der Schock ... in der Grünhütte ...

Das Essen und ein paar Kräuterschnäpse ...

Mehr gaben ihr Gedächtnis im Moment nicht her.

Sie sah sich um. Ihre Kleidung lag im Zimmer verteilt, außer ihrem Höschen trug sie nichts. Die hatten sie doch nicht, oder ...?

Gleich darauf beruhigte sie sich. Einer der Jäger, in der Nähe wohnend, sie kannte ihn vom Sehen, hatte sie nach Hause gebracht und sich vor der Tür verabschiedet.

»Gute Nacht, Silke! Morgen ist Sonntag, da kannst Du ausschlafen. Nimm Dir später ein Taxi und lass Dich zu deinem Auto fahren!«

Fein! Jetzt erst einmal gründlich duschen, frühstücken und hoch zum Parkplatz bei Kaltenbronn zu ihrem Fahrzeug. Am Tage, mit all den Touristen, schien es kaum ein Risiko zu sein, zum See zu gehen, das Moor über den Holzsteg zu durchqueren und danach schnellstens zur Grünhütte.

Den Wirt ausfragen. Ihre Neugier ließ ihr keine Ruhe.

Außer, dass er Werner hieß, wusste sie kein bisschen von dem Fotografen.

Wenn sie länger darüber nachdachte, schien er im Grunde ein netter Typ zu sein! Durchaus zum Verlieben. Wenn er nur nicht im Moor herumtrampeln würde.

Aber das konnte sie ihm auf die sanfte Art abgewöhnen. Ganz sicher!

*

»Werner? Er heißt Werner Münzinger, ist Doktor der Biologie an einer Hochschule bei Stuttgart, wie Du ebenfalls Mitglied im NABU und wohnt in der Nähe von Pforzheim. Sowohl vom Landratsamt als auch der Naturschutzbehörde besitzt er die Genehmigung, jederzeit das Moorgebiet betreten zu dürfen. Er arbeitet an einem Buch, genauer gesagt an einem Bildband, über die Fauna und Flora am Wildsee und am Hornsee. Dabei macht er natürlich viele Bilder. Und ob Du es glaubst oder nicht, er liebt das Moor wie Du und schützt es, wo er nur kann!«

Von Wort zu Wort sprach der Wirt ernster und eindringlicher.

Silke schämte sich. Dem Mann hatte sie bitter unecht getan! Sie nahm sich fest vor, ihn beim nächsten Zusammentreffen um Verzeihung zu bitten. Ob er sie vielleicht danach vielleicht einmal mitnahm?

Gar zu gern hätte sie ›ihr‹ Moor auch einmal von innen gesehen, sich aber bisher nicht getraut. Außerdem, wenn Xaver ihr nachstieg, war es sicherlich ratsam, einen geheimen Pfad durch das Moor zu kennen.

Wer weiß, ob ihr das nicht eines Tages zugute kam?

*

Windstill, warm und sonnig. Ein herrlicher Tag!

Gemütlich schlenderte Silke den Holzsteg entlang durch den Bannwald zum See. Seit der Begegnung mit dem Fotografen waren zehn Tage vergangen, seitdem hatte sie den See nicht mehr aufgesucht. Ihre Angst vor Xaver ...

Heute waren indessen viele Wanderer unterwegs, somit drohte ihr keine Gefahr.

Als sie sich der ersten Bank näherte, erkannte sie freudig den Fotografen. Die Gelegenheit sich zu entschuldigen und schön Wetter zu machen!

Werner, in Gedanken nannte sie ihn bereits beim Vornamen, sah nachdenklich hinaus auf den Wildsee, seine Umgebung nicht beachtend. Über was dachte der in diesem Augenblick nach? Oder schlief er mit offenen Augen.

»Guten Tag Herr Doktor Münzinger!« Laut und deutlich. »Darf ich mich setzen?«

Verblüfft sah der Mann hoch. Als er nach einigen Sekunden Silke erkannte, er war gedanklich überaus weit weg gewesen, nickte er höflich zustimmend.

»Gerne!« Und nach einer Pause, in welcher sie sich setzte:

»Wie geht es Ihnen? Sind Sie neulich sicher nach Hause gekommen?«

»Danke Herr Doktor. Ich fühle mich wohl und mich möchte mich für mein Benehmen entschuldigen und Ihnen ...«

Mit einer unwirschen Handbewegung unterbrach sie: »Keine Rechtfertigung und auch nicht 'Doktor' bitte! Werner genügt!"

Na ja, sein Tonfall hätte freundlicher sein können, aber ein Anfang war gemacht.

»Ich heiße Silke!«

Werner nickte wortlos und sah erneut über den Wildsee.

Fragen oder nicht fragen? Schließlich siegte ihre Neugier.

»Ich würde gerne mit Dir einmal ins Moor gehen. Bisher traute ich mich nie und wenn Xaver ...«

Erschrocken unterbrach sie sich. Die ihr zutiefst verhasste und gefürchtete Stimme erklang, höhnisch und giftig zugleich, hierbei drohend näherkommend:

»Sieh einer an, Silke das Flittchen sucht sich einen neuen Freier! Schämst Du nicht, mit so einem Kerl anzubandeln? Ich werde ...!«

Werner saß wie unbeteiligt da, dabei den Mann aus gesenkten Augenlidern scharf beobachtend. Xaver holte aus, um der vor Angst erstarrten Frau eine kräftige Ohrfeige zu versetzen.

Im nächsten Moment heulte er laut auf. Für Silke völlig unerwartet krümmte er sich winselnd auf den Bohlen. Sie hatte gar nicht mitbekommen, wie schnell und gezielt ihr Begleiter zutrat. Keine Sekunde später schnappte der sich den jaulenden Mann am Kragen, zog ihn zur Seeseite und steckte dessen Kopf durch den Holzzaun. Xaver sah die dicht unter ihm liegende, nicht besonders einladende, moorige Wasserfläche.

Leise, eisig, eindringlich:

»Sieh genau hin, du Lump! Sobald du hier oben versuchst, irgendjemandem zu schaden, wirst du das Moor kennen lernen! Es wartet bereits auf dich!«

Er wusste auch später nicht zu sagen, wie er zu diesen Worten kam. Sie flossen einfach aus ihm heraus, ohne sein bewusstes Zutun.

Achtlos ließ er danach Xaver los und wandte sich zum Gehen. Da sprach ihn Silke flehend an:

»Bitte, Werner, nimm mich mit!«

Oh, die hatte er völlig vergessen. Na so was. Egal, erst einmal zur Grünhütte, später konnte man weitersehen.

*

Selbst schuld!

Seine Freunde warnten ihn immer seit langem eindringlich.

»Sei vorsichtig! Das Moor verzeiht keinen Fehler! Eines Tages ...!«

War es jetzt so weit?

Werner fluchte. Doch was nützte das in seiner Lage noch? Nichts!

Eine unverzeihliche Nachlässigkeit, eine bodenlose Dummheit seinerseits! Wie konnte er nur vergessen, auf das Wetter zu achten?

Die borstige Raupe und die fleischfressende Pflanze. Makroaufnahmen höchster Güte! Vor lauter Begeisterung vergaß er seine Umwelt völlig.

Von einem Moment zum anderen zogen Schatten über das Moor. Rabenschwarze Gewitterwolken. Ein scharfer Wind erhob sich, peitschte die Bäume und Büsche um ihn herum.

Ausgerechnet heute!

Viel zu tief wagte er sich in das tückische Gelände. Seine Leidenschaft übermannte ihn. Unvorsichtig lief er in das Gebiet zwischen Horngraben und ›Steinernes Brückle‹, nordöstlich vom Hornsee. Gewitterregen und Wassergräben. Eine tödliche Mischung!

Jetzt galt es einen kühlen Kopf bewahren. Nur keine Panik! Werner überlegte.

Links von ihm wuchs eine etwa vier Meter hohe Tanne. Ob diese ihm Schutz bot?

Seine Ausrüstung, sofern sie nicht mit ihm im Moor versank, konnte in der wasserdichten Umhüllung schwerlich Schaden nehmen.

»Keinesfalls zu diesem Baum! Er wird dem Sturm nicht standhalten! Gehe nach rechts!«

Die Stimme eines Mädchens. Großartig!

Eine erstklassige Halluzination!

»Dort, die Latschenkiefer! Sie besitzt einen flachen, am Boden liegenden Stamm, und verfügt über weitausladende Äste! Gleichmäßig oben darauf liegen! Beeile Dich endlich!«

Verrückt! Total verrückt!

Sein Blick fiel auf den Erdboden rechts von ihm. Sieh an, ein Irrlicht, wie abergläubische Geister zu sagen pflegten. Für Menschen wie ihn, fest in der Realität verankert, bedeutet dies in der schwülwarmen Witterung austretendes, sich selbst entzündendes Sumpfgas, in der Fachsprache ›Methan‹ genannt, chemische Formel CH_4.

Das Flämmchen flackerte aufgeregt, huschte hin und her.

»Du sieht's richtig! Ich bin keine Einbildung! Folge mir! Ich weise Dir den Weg!«

Besaß er sie noch alle? Werner griff sich an die Stirn. Fieber? Nicht die Spur! Trotzdem! Eine Unterhaltung mit einem Lichtchen. Das durfte doch nicht wahr sein! Aber gab es eine andere Wahl?

Verunsichert folgte er seiner blassblau leuchtenden Führerin. Diese glitt in rund zwei Mannlängen vor ihm her, ihm den Weg weisend.

Der Pfad, genauer der Untergrund, schien halbwegs trittfest zu sein. Jetzt kam es auch nicht mehr darauf an. Entschlossen schritt er dem Irrlicht nach. Zumal ein unangenehm scharfer Wind aufkam und ihn zur Eile drängte. Verwundert stellte er fest, dass er problemlos zu der meterweit ausladenden Latschenkiefer gelangte. Sogleich kletterte er hinein, legte sich auf deren Ästen so gut es ging zurecht.

Seine Kleidung, warm und wetterfest, erwies sich als äußerst hilfreich. Außer in seinem Gesicht machte sich das urplötzlich einsetzende, eiskalt herabströmende Nass nirgends unangenehm bemerkbar. Krampfhaft hielt er sich fest. Trotz des Donners, dem Heulen des Sturmes, dem Peitschen der Zweige schlief er nach einiger Zeit erschöpft ein.

Das kleine Flämmchen? Vom Winde verweht, vom heftigen Regen gelöscht.

*

Grübelnd saß er vor seinem Computer, die Welt nicht mehr verstehend.

Die Bilder von der kleinen Raupe mit dem Sonnentau? Einfach hervorragend. Die Erinnerung an das Unwetter: klar und deutlich!

Aber anschließend?

Nur vage erinnerte er sich:

Ein blaues Lichtchen!

Es sprach mit ihm, führte ihn zu der Latschenkiefer und verschwand.

Als er erwachte, steif, durchfroren, durch das unbequeme Liegen auf den Ästen wie gerädert und immer noch müde, wartete es bereits auf ihn.

»Folge mir! Der Pfad änderte sich aufgrund des Regens! Die Wasserläufe müssen derzeit vorsichtig umgangen werden, Du kannst sie kaum mehr überqueren!«

Reichlich benommen folgte er seiner Führerin. Endlich fasste er sich ein Herz:

»Wer bist Du? Besitzt Du einen Namen?«

Für einen Moment schien es, als ob das Flämmchen nervös flackerte. Erst nach geraumer Zeit antwortete es:

»Nenne mich ›Blauflämmchen‹. Einst trug ich einen Namen, doch im Reich des Moorfürsten ist er ohne Bedeutung.«

Zielgerichtet geleitete es ihn auf sicheren Boden. Bevor er sich bedanken konnte, huschte es zurück ins Moor und versank. Lange sah er seiner kleinen Retterin nach.

Halluzination, geboren aus seiner Angst und Erschöpfung oder reale Erscheinung? Schleppenden Schrittes begab er sich zu seinem Auto. Der Jagdpächter und ein Förster standen dort, blickten erleichtert auf, als sie ihn erkannten.

»Sie wurden vermisst, Herr Doktor! Der Wirt der Grünhütte ...!«

Verwirrt brach der Jäger ab, als er den Zustand des vor ihm Stehenden bemerkte:

»Mein Gott, wie sehen Sie denn aus? Haben Sie im Moor übernachtet? Ihre Kleidung ...!«

Er konnte sich sein Aussehen lebhaft vorstellen. Es gelang ihm, die beiden Männer zu beruhigen und stieg, verschmutzt, wie er war - ja, ja, das Harz der Latschenkiefer und die abfärbend Rinde! - in sein Auto und fuhr nach Hause.

Vollreinigung war jetzt angesagt. Zum Glück wurde die Bekleidung wieder durchgehend sauber. Die Fotoausrüstung überstand ebenfalls alles heil und im Moment saß er vor dem PC, betrachtet die letzten Aufnahmen und überlegte.

Seltsam! Immer wenn er versuchte, sich das Mädchen, welches sich hinter dem Irrlicht verbarg, vorzustellen, ähnelte es Silke. Andererseits: Frauen, nein danke! Als Dozent hatte er mit diesen unangenehme Erfahrungen gemacht. Von wegen Liebe, nur schneller Sex gegen gute Noten oder Hilfe bei Exsamen. Ihm grauste. Scheißspiel!

Mit Silke hingegen? Auf keinen Fall, entschied er, besser nicht. Sie verhielt sich mitunter ein wenig zu übereifrig.

Seufzend erhob er sich, fuhr den Rechner herunter, nahm die Fotoausrüstung und ging. Hoch zum Moor, ein paar Bilder schießen. Vielleicht fand er heute ja eine besonders seltene Pflanze?

*

Niedlich!

›Blauflämmchen‹ wartete bereits auf ihn.

Bevor er eine Frage stellen konnte, vernahm er ihr zartes Stimmchen:

»Komm mit! Ich führe Dich zu Pflänzchen, die es nur an einem Ort gibt! Nordwestlich vom Hornsee. Du sahst sie bisher noch nie. Aber sei vorsichtig! Bleibe dicht hinter mir auf dem ›Pfad‹!«

Ohne eine Antwort abzuwarten, glitt das Lichtlein vor ihm her. Aufmerksam auf den Weg achtend, behutsam auftretend, folgte er vertrauensvoll seiner winzigen Führerin.

Also ehrlich, nur auf sich gestellt hätte er sich niemals dorthin getraut. Doch mit seiner Begleiterin? Trotzdem immer noch überaus riskant! Keinen Fußbreit durfte er vom vorgegebenen Pfad abweichen! Tödlicher Sumpf lauerte auf beiden Seiten. Blubbernder Schlamm, heimtückische Moorlöcher, träg fließende Rinnsale, scheinbar festes Moos auf faulenden Blättern teuflisch über bodenlosem Morast wachsend.

Blauflämmchen schien das keinesfalls zu beunruhigen. Klar, ihr würde bei einem Fehltritt nichts geschehen, ihm hingegen schon.

Nach einiger Zeit, mehr als hundert Meter befand er sich inzwischen im gefährlichen Bereich um den Hornsee, begann er sich zu fragen, wohin die Kleine wollte. Als ob sie Gedanken lesen konnte, meinte sie:

»Keine Sorge! Ein paar Schritte noch, und wir erreichen eine Insel. Darunter hat sich der Torf in all den vergangenen Jahren so weit verfestigt, dass sich Büsche darauf halten können. Bleibe auf alle Fälle nahe bei der Birke und hüte Dich, zum Rand zu gehen. Die Pflanzen zum Fotografieren wachsen rund um den Baum! Bis später!«

Sie huscht voraus, glitt an dem Gehölz vorbei und verschwand. Jetzt half nur noch eines: Blauflämmchen bedingungslos zu vertrauen! Den Rückweg, ein paar Mal wich sie von der direkten Linie ab, konnte er ohne sie niemals finden.

In der Tat erwies sich der Boden rings um den Baumstamm als halbwegs sicher. Er schaute sich um.

Wow! Diese Gewächse kamen ihm unbekannt vor! Was kaum etwas bedeutete, schließlich gab es unzählige Pflanzen, die er noch nie sah. Seit Jahren spezialisierte er sich auf Hochmoore, und selbst da kannte er auch nur die gängigsten Arten.

Immer wieder vorsichtig den Untergrund prüfend, nie zu lange auf einem Punkt verharrend, fotografierte er die ihm fremden Pflänzchen aus allen Richtungen. Die Zeit verstrich, er bemerkte es kaum.

Plötzlich huschte Blauflämmchen vor seine Linse.

»Du musst augenblicklich zurück! Der Pfad ändert sich! Komm!«

Das ließ er sich nicht zweimal sagen. Im Handumdrehen packte er seine Ausrüstung ein und folgte dem eilig vorauseilenden Lichtlein. Keine fünf Minuten später stand er auf sicherem Boden.

Auweia!

Er schwitzte. Dass es auf dem Rückweg derart knapp zuging, schockte ihn beträchtlich. Als er sich vom Schreck erholte, wollte er sich bei Blauflämmchen bedanken, aber sie war inzwischen verschwunden. Nachdenklich ging er zu seinem Auto.

Weshalb half sie ihm, warum rettete sie, damals bei dem unvermutet aufgetretenen Gewitter, sein Leben?

*

Gemütlich lief er den ›Oberen Hornweg‹ entlang. Zum Hornsee oder nicht?

Der Sommer erwies sich in den letzten Wochen als heiß und trocken. Die kleinen Bäche, Gräben und Wasserrinnen bedeuteten, sofern nicht dicht bei den offenen Wasserflächen verlaufend, nur noch ein geringes Risiko. Was tief unter der Oberfläche lag, vermochte er nicht zu beurteilen, aber der sonst patschnasse, aufgeweichte Boden entpuppte sich mehr und mehr als fest und leidlich begehbar. Sehr zum Ärger der Förster und Naturschützer.

Diese waren vollauf damit beschäftig, die Scharen der unbedarften, dabei frech und eigensinnig im Bannwaldgebiet herumtrampelten Wanderer, Möchtegernforscher, Fotoamateure und ahnungslose Spaziergänger zurück auf die Waldwege zu bringen.

»Wegen der paar Pflänzchen ... stellt euch nicht so an ... uns passiert ohnehin nichts ... der Boden ist ja trocken ...«

Stur, uneinsichtig und unverantwortlich!

Vor kurzem rief einer der Fotodeppen per Handy um Hilfe. Nordöstlich vom Hornmiß steckte der bis zu den Hüften in einer scheinbar flachen und schmalen Rinne fest. Selbst schuld! Ärgerlich nur, dass er damit auch unbeteiligte, nämlich die Rettungskräfte in Gefahr brachte. Als diese ihm anschließend Vorhaltungen machten, wurde der Kerl ausfällig. Zu seinen Kosten für die Rettung aus seiner eigenverschuldeten Notlage kam eine Anzeige wegen Beleidigung hinzu.

Andere benahmen sich ebenfalls nicht einsichtsvoller. Was störte es sie, dass das Betreten des Bannwaldes verboten war? Was zu weiteren Strafanzeigen führte. Natürlich sah das keiner ein.

Wenn er selbst jetzt zum Hornsee wollte, na, ja, nicht völlig bis zur offenen Wasserfläche, sollte er am Besten eine Route zwischen dem Gebiet Hornmiß und dem Steinernen Brückle wählen. Er kannte, dank ›Blauflämmchen‹, eine sichere Stelle, an welcher er den Ringraben überqueren konnte. Zumal er davon ausging, dass das Irrlicht bei Gefahr sofort auftauchte.

Einziges Problem: nicht in Sichtweite von anderen Personen. Der oder die Eine würden ihm aus lauter Neugierde hinterher stolpern. Ein falscher Schritt ...

Jäh fühlte er sich aus seinen Überlegungen gerissen.

»Werner! Werner ...!«

Silke! Aufseufzend drehte er sich um.

Seit mehreren Wochen war er ihr erfolgreich aus dem Weg gegangen. Aber jetzt schien es, als ob seine Glückssträhne zu Ende ging. Pech gehabt!

Hastig lief sie auf ihn zu: »Bitte Werner, nimm mich mit«!

Vor lauter Eifer vergaß sie, ihn zu grüßen. Na, die hatte es eilig. Verlegen sie ihn gleich darauf an.

»Entschuldige,« sie reichte ihm die Hand, »ich wollte nicht unhöflich sein, aber ...«

Unsicher brach sie ab, gleichzeitig einen sehnsüchtig verlangenden Blick ins Moor werfend.

Verdammt! Wie kam er nur aus dieser Sache wieder heraus? Mit Silke ohne ›Blauflämmchen‹? Die Kleine würde sich in ihrer Anwesenheit wohl kaum zeigen.

Viel Zeit zum Nachdenken gab sie ihm nicht.

»Bitte, Du kennst doch das Gelände am besten. Mit Dir fühle ich mich sicher!«

Ihrem flehenden Blick war er nicht gewachsen. Grimmig nickte er:

»Immer brav hinter mir bleiben! Aufpassen, dass uns niemand folgt!«

Auch wenn es ihr schwerfiel, auf seinen gereizten Tonfall nicht einzugehen, schwieg sie wohlweislich. Er würde sich sicherlich bald an sie gewöhnen. Und da war ja noch etwas. Die Sehnsucht nach ihm! Aber das brauchte er nicht zu wissen. Schließlich wollte sie ihn keinesfalls verprellen. Der Wirt der Grünhütte, als sie sich angelegentlich nach ihm erkundigte, wiederholt drängend nachfragte, deutete ihr so manches an. Wahrscheinlich hielt Werner, nach seinen unangenehmen Erfahrungen mit seinen Studentinnen, Frauen generell für überaus berechnend. Und ging daher zu allen auf Distanz.

Folgsam, schweigsam folgte sie ihm, dabei sein Verhalten genau beobachtend. Seltsam. Immer wieder schien er den Boden abzusuchen. Einmal vermeinte sie, eine leise, glockenreine Elfenstimme zu vernehmen. Halluzinationen?

Interessant! Er schlug vorsichtig große Bögen um Stellen, die sie unbedenklich betreten hätte.

»Werner?« Leise fragend.

»Ja, Silke?« Er hielt an, sich ihr zudrehend.

Mutig meinte sie: »Warum liefst du soeben nicht geradeaus weiter?«

Auweia! Wie sollte er ihr das erklären? Zu seiner Überraschung glitt ›Blauflämmchen‹ seit geraumer Zeit trotz ihrer Anwesenheit, den sicheren Pfad durchs Moor weisend, vor ihnen her. Insgeheim atmete er auf: Silke sah ihre kleine Führerin nicht!

Wortlos hob er einen am Boden liegenden Ast auf und stieß ihn kräftig auf die von Silke bezeichnete Stelle. Tief versank dieser im scheinbar festen, in Wirklichkeit aber bodenlosen Grund.

Sie erblasste. Ohne Werners Führung wäre sie in ihr Verderben gelaufen!

Angst ergriff sie. Trotz des warmen Wetters begann sie zu frieren. Eng lief sie hinter Werner her, welcher unbekümmert ausschritt. Neben ihnen gurgelte es,

Blasen stiegen auf und zerplatzen. Schmale Wasserrinnen, tiefschwarz, verliefen öfters direkt an ihrer Seite, unheimlich und gefahrvoll. Sie erkannte, dass er, wenn auch auf Umwegen, auf eine alleinstehende Birke zusteuerte. Dort angekommen sah er umher und ließ sich nieder.

»Setze Dich, Silke, hier sind wir auf verhältnismäßig sicherem Grund.«

Er sah ihr ins Gesicht und erschrak.

»Was ist los? Du zitterst ja? Bist Du krank?«

Erste Tränen kullerten. Behutsam nahm er sie in den Arm, ruhig und tröstend auf sie einsprechend. ›Blauflämmchen‹ flüsterte ihm zu, dass sie seit dem Zeitpunkt, an dem der Ast im Moor verschwand, unter Schock stand. So gefährlich und heimtückisch hatte Silke sich das nicht vorgestellt.

Er griff nach seinem Taschentuch und wischte die nassen Rinnsale hinweg. Zart und liebevoll. Still sah er ihr ins Gesicht. Sie war wirklich sehr schön. Bisher wollte er das nur nicht wahrhaben.

Im nächsten Augenblick hing sie an seinem Hals, ihn begehrend küssend. Zuerst zögernd, danach immer mutiger werden, erwiderte er ihre Küsse sie voller Leidenschaft. Fast nebenbei stellte er fest, dass ›Blauflämmchen‹ diskret verschwunden war.

Doch Silke forderte mehr! Sie verlangte nach ihm! Jetzt! Ihre Umwelt versank, nur noch sie existierten. Sehnsuchtsvoll gab sie sich hin, im Taumel der Lust alles um sich herum vergessend.

*

Erschöpft schliefen sie eng umschlungen ein. Die Fotos, die er heute machen wollte? Unwichtig! Für sein Buch besaß er mehr als ausreichend Bildmaterial.

Ein kalter Windstoß weckte sie. Hastig schlüpften sie in ihre Kleidung.

Gott sei Dank! Blauflämmchen wartete bereits. Eilig folgte er dem blauen Licht, Silke an der Hand hinter sich herziehend. Zwanzig Minuten später erreichten sie den oberen Hornweg. Eng umschlungen ging es weiter zum Parkplatz bei Kaltenbronn.

Mit einem liebevollen Kuss, von Silke stürmisch umarmt, verabschiedete er sich.

Als sie außer Sichtweite kam, lief er zurück zum Wildensee. Genau erinnerte er sich an ›Blauflämmchens‹ eindringliche Worte, bevor sie das Moorgebiet verließen:

»Komme nachher bitte wieder zu mir! Ich muss dringend mit Dir sprechen!«

*

Äußerlich ruhig, innerlich tief betroffen hörte er zu, wie Pauline von ihrer Vergangenheit berichtete.

»In zwei Wochen wird sich mein, sein und Silkes Schicksal erfüllen. Tagundnachtgleiche! Der Fürst des Moores hat Dich ausgewählt, mir zu helfen, meinen Schwur einzulösen! Höre mir gut zu! Folgendes wird geschehen ...!«

Sorgfältig merkte er sich jedes ihrer Worte.

Auch dass er eines nicht dürfe: Silke einzuweihen!

*

Noch zweimal ging er mit ihr ins Moor, allerdings nur bis in die ungefährlichen Randgebiete. ›Blauflämmchen‹ zeigte sich nicht mehr.

Ansonsten verbrachten sie ihre Zeit gemeinsam, sofern ihre und seine Arbeit es zuließen. Sie machten aus ihrer Liebe kein Hehl. Was sich überall herumsprach.

Natürlich hinterbrachte man das auch Xaver. Dieser raste vor Wut.

Diese elende Schlampe, diese Dirne! Der würde er es zeigen!

Unauffällig begann er ihr nachzuschleichen, sie aus der Ferne zu beobachten.

Endlich! Heute war es so weit. Silke befand sich ohne ihren Freund auf dem Weg zum Wildensee. In der einsetzenden Dämmerung konnte sie ihn nicht rechtzeitig bemerken. Das Miststück würde das Moor nie mehr verlassen! Vorher musste er ihr jedoch seine Qualitäten als Mann beweisen, sich gewaltsam nehmen, was sie ihm bisher verweigerte. Und dem Flittchen anschließend genussvoll den Hals zudrücken. Niemand vermochte ihm hinterher etwas nachzuweisen!

Freudig rieb er sich die Hände. Im Dickicht hinter der Leonhardhütte legte er sich auf die Lauer. Üblicherweise nahm Sie den Steg zur Grünhütte. Jetzt, im Herbstbeginn, verweilten kaum Personen in dieser Gegend, unliebsame Zeugen befürchte er nicht. Er musste nur den geeigneten Augenblick abpassen!

Leichte Frauenschritte kamen näher. Fein!

Freudig leckte er sich über die Lippen. Seine Begierde und seine Rache würden in Kürze gestillt sein. Ein angenehmes Pochen in seinen Lenden, in

Erwartung Silkes Körpers, erfüllte ihn mit Wohlbehagen. Als sie den Steg betrat, kam er aus seiner Deckung hervor und folgte ihr lautlos.

*

Warum hatte Werner sie zur Grünhütte bestellt? Er hätte sie doch zu Hause abholen und mitnehmen können. Furchtsam sah sie sich um. Sie befand sich allein auf weiter Flur. Plötzlich fiel ihr Xaver ein. Sollte der sich zufällig hier herumtreiben, natürlich hatte man ihr gesagt, dass dieser vor Wut schäumte, war sie verloren. Der gemeine Kerl würde sie gnadenlos vergewaltigen, oder ihr gar Schlimmeres antun.

Auf dem Steg eilte sie hastig voran, um ja schnell das gefährliche Gebiet zu durchqueren. Ihre eigenen Schritte hallten laut auf den Holzbohlen, sodass sie Xaver erst bemerkte, als dieser sie hohnlachend von hinten ansprach:

»Elende Dreckschlampe! Habe ich dich Hure endlich! Nun wirst Du bezahlen!«

Tödlicher Schreck erfasste sie.

›Aus! Alles aus!‹, dachte sie. Auf dem Holzsteg besaß sie keine Chance. Er konnte sie hier nach Belieben nehmen und anschließend verschwinden lassen.

Ein Gedanke schoss ihr durch den Kopf: das Moor! Ihre einzige Möglichkeit auf ein Entkommen. Und wenn sie dort versank? Immer noch besser, als vergewaltigt und qualvoll umgebracht zu werden. Wenn er ihr indessen folgte? Immerhin wog sie weniger als er. Sie vermochte viel tiefer als er in das düstere Gebiet einzudringen, in der Dunkelheit ihm vielleicht doch noch entwischen.

Gedacht getan! Ehe Xaver reagierte, sprang sie mit einem gewaltigen Satz, geboren aus Angst und Verzweiflung, über den Graben. Heftig mit den Armen rudernd fing sie sich ab, wie von Furien gehetzt weiterrennend.

Ein kleines blaues Licht huschte vor ihr auf dem Moorboden entlang.

»Folge mir!« Jetzt war alles egal! Sie hatte den Platscher vernommen, mit dem Xaver in den Wassergraben fiel. Anscheinend gelangte er rasch heraus, wie seine sich stetig nähernde, wütendende, Schimpfworte brüllende Stimme verriet. Ohne nachzudenken folgte sie dem Licht. Unversehens legte sich eine Hand über ihren Mund, zog sie zur Seite hinter einen Busch und zu Boden.

»Sei jetzt ganz still, Silke! Gib keinen Laut von Dir und bewege Dich nicht!« Eindringlich ihr ins Ohr flüsternd.

Werner? Wie kam der hierher? Verständnislos kauerte sie auf der Erde.

Vor ihnen, kaum zehn Schritte entfernt, trampelte ihr Verfolger keuchend vorüber.

Dort, wo eben noch das blaue Flämmchen ihr den Weg wies, glitt ein Schatten in das Dunkel, dem Xaver rachedurstig nachlief.

Urplötzlich erschien an dessen Stelle ein helles Leuchten, eine junge Frau in alter Bauerntracht, schwebte drohend mehrere Fußbreit über dem Boden.

Xaver erschrak und blieb stehen. Was für ein Spuk narrte ihn?

»Grüß Dich, Xaver! Nach all den Jahrhunderten sehen wir uns wieder! Genau wie dein gleichnamiger Vorfahr bringst Du unschuldigen Menschen Tod und Verderben! Du bist der Letzte deiner Sippe und wirst jetzt deine und deren Schuld begleichen!

Der Boden gab unter ihm nach. Langsam sank er tiefer und tiefer.

Entsetzliche Angst erfasste ihn, zugleich gepaart mit tierischer Wut! Anstatt dass er sich mit Silke befassen konnte, lief er selbst ins Verderben.

»Wer bist Du, Miststück?!«

»Ich heiße Pauline! Silke«, sie hob die Hand und deutete seitlich hinter Xaver zur Stelle, wo sich diese befand, »ist eine entfernte Nachfahrin meiner Sippe! Dein Vorfahr tötete einst meinen Bräutigam, meine Mutter und trieb mich ins Moor! Mit dem Fürsten des Moores schloss ich einen Pakt! In wenigen Augenblicken ist er erfüllt!«

Eine ebenfalls leuchtende Gestalt, ein Jäger mit einer Armbrust über dem Rücken, trat an Paulines Seite. Diese lächelte. Langsam schwebte sie tiefer ins Dunkel, Richtung Hornsee. Kleiner und kleiner werdend, bis sie verschwand.

Xaver vermocht sich nicht mehr zu rühren.

Der Jäger winkte ihm zu.

*

Benommen und geschockt folgte Silke Werner zurück zum Steg. Ein kleiner Sprung und sie befanden sich in Sicherheit.

Hart und kalt klangen seine Worte in ihren Ohren.

»Xaver hat sein Schicksal wahrlich verdient! Er hat es selbst gewählt! Niemandem wird er jemals erneut etwas antun! Du kannst zukünftig ohne Sorgen zum See gehen, wann und mit wem Du möchtest!«

Er wandte sich grüßend zurück: »Lebe wohl, ›Blauflämmchen‹! Du bist erlöst und als ›Pauline‹ steht Dir der Weg in die Ewigkeit offen!«

Inzwischen hatte sie sich halbwegs gefangen.

»Nur mit Dir will ich zum See, mit Dir und unseren Kindern!«

Leise, ihn zart küssend, fügte sie hinzu:

»Sicherlich wirst Du ihnen eines Tages die Geschichte von ›Blauflämmchen‹ erzählen. Darf ich sie bereits vorher erfahren?«

Mystische Schwarzwaldgeschichten I
Magische Begegnungen
ISBN 3-8334-4217-4

Reichtum ...? Vermögen ...? Einfluss ...? Macht ...? Aber ja, gerne! Der Preis dafür? Eine Kleinigkeit! Kaum der Rede wert! Nur Deine unwichtige, sowieso unnütze, überflüssige, wertlose Seele.
Wirklich, nichts Besonderes! Oder? Liebe und Glück? In der heutigen Zeit? Unwichtig! Nein? Dann entscheide Dich! Schnell, bevor die Zauberebene des Spiegels durchbrochen wird!

Wenn Du mit ›Ihm‹ einen Pakt eingehst, solltest Du nicht versuchen, ›Ihn‹ um seinen Lohn zu betrügen! In der Hand eines unschuldigen Mädchens, verhilft der von den Erwachsenen vergessene und übersehene Spiegel dem Fürst der Finsternis zu seinem wohlverdienten Lohn!

Die Nebel des Schwarzwaldes! Ihr geheimnisvoller Zauber trägt Dich durch Raum und Zeit! Den Guten helfend, die Bösen bestrafend! Im finsteren Schacht des alten Stollens erfüllt sich ein gnadenloses Schicksal. Und die irdische Gerechtigkeit muß da zurückstehen, wo höhere Mächte in die Geschicke der Menschen eingreifen!

Nicht umsonst steht an vielen Ruinen des Schwarzwaldes: Betreten und Aufenthalt während eines Gewitters verboten! Im kalten Grau der tiefhängenden Wolken kündigen feurige Schatten vom Ende einer stolzen Festung. Vom Untergang ihrer Bewohner und aller, die es dorthin verschlagen hat! Und vom Elsass her zieht, schnell und gnadenlos, bereits das nächste Unwetter herbei.

Ball der Verdammten
Mystische Schwarzwaldgeschichten II
ISBN978-3-8370-6887-0

Bereits als kleiner Junge besaß er die Gabe des "Zweiten Gesichts". Bald war er als "Unheilbringer" verschrien und von allen gemieden

.

Nach seiner Lehre verlässt er seinen Heimatort und nimmt eine Stelle in Schiltach, wo niemand seine Vergangenheit kennt, an.
Dort findet er drei nette Freunde und alles könnte Bestens sein ...
Bis das Schicksal brutal in sein Leben eingreift und ihm unerbittlich eine Aufgabe stellt: Eine magische Schatz-suche!

Sein Leben gerät völlig durcheinander. Dabei ist ihm klar, dass bisher kaum jemand, der zum Spielball übernatürlicher Mächte wurde, heil aus der Angelegenheit hervorging!
Unterstützung findet er nur bei einem kleinen Mädchen, welches ihm unbeirrt vertraut.
Als er dem Schicksal Auge in Auge gegenübersteht, eine Entscheidung treffen muss, überschreitet Maria die "magische Grenze" und folgt ihm in das "Dunkle Land"!